$14.92   8/19/15

QUANTIC LOVE

Sonia **Fernández-Vidal**

QUANTIC L♥VE

OCEANO   laGalera   **GRAN**TRAVESÍA

Quantic Love

© 2012 Sonia Fernández-Vidal

Diseño de portada: Book & Look

© La Galera, SAU Editorial

© por la presente coedición:
Editorial Océano de México, S.A. de C.V.
Blvd. Manuel Ávila Camacho 76, piso 10
11000 México, D.F., México
www.oceano.mx
www.oceanotravesia.mx

Primera edición: 2014

ISBN: 978-607-735-313-3

IMPRESO EN MÉXICO / *PRINTED IN MEXICO*

Dedicado a Marta C.F.,
porque sólo alguien como ella, con un enorme corazón,
podía dejar como fruto una persona tan maravillosa
entre nosotros. Gracias.

Con amor cuántico

Gravitation is not responsible
for people falling in love.

ALBERT EINSTEIN

Sin ciencia, el amor es impotente;
sin amor, la ciencia es destructiva.

BERTRAND RUSSELL

1. LAS PUERTAS DE SHAMBHALA

A veces el futuro nos susurra algo al oído por un breve instante. Algunos lo llaman premoniciones, otros intuición. Yo sólo sé que al entrar en aquel avión *supe* que todo iba a cambiar. La Laila que dejaba Sevilla con destino a Suiza no volvería jamás.

Mi permiso de trabajo como mesera del CERN era temporal, pero de repente entendí que habría un antes y un después de aquel verano.

Nerviosa, me abrí paso entre la gente que colocaba a presión su equipaje de mano. Asiento 17A, ventanilla. ¡Iba a ser maravilloso ver los Alpes desde el cielo!

Una vez en mi asiento, coloqué el bolso entre mis pies y saqué la Moleskine que me había regalado mi padre para el viaje. Me emocioné al mirar la primera página de la libreta de tapas negras sujetadas por una liga. Allí me esperaba una cita de Peter Matthiessen que resumía a la perfección la corazonada que acababa de tener:

Un hombre sale de viaje
y es otro el que regresa.

Si algo debía reconocer a mi padre era que siempre acertaba con los regalos. Las palabras del autor de *El leopardo de las nieves* —su novela de viajes favorita— resonaban ahora con más fuerza en mi interior, ya que estaba emprendiendo mi odisea particular.

Mientras la azafata daba unas indicaciones de seguridad a las que nadie atendía, en mi interior volví a escuchar la voz suave y serena de mi padre:

—Mantén los ojos bien abiertos, Laila. Vas a vivir una experiencia única en el centro de investigación más importante de Europa. Pon tus manos a trabajar en esa cafetería, pero con tu mirada lejos en el horizonte.

—Papá, pero si sólo me voy tres meses... —protesté.

Luego le di un cálido abrazo. Sabía exactamente qué venía a continuación. Me repetía aquella fábula oriental desde que yo había cumplido los catorce. Y de eso hacía ya cuatro años...

—¿Recuerdas la historia del cazador que encontró Shambhala mientras perseguía un ciervo? Al ver que se habían abierto las puertas del paraíso tibetano, el guardián lo invitó a pasar, pero el cazador quiso volver a buscar a su familia. Cuando regresó, la montaña se había cerrado, pues las puertas de Shambhala se abren una sola vez en la vida para cada uno. Cada oportunidad es única, Laila, y si no la aprovechas, te sucederá como al cazador, que tuvo que seguir persiguiendo ciervos el resto de su existencia.

Mi padre era un soñador incorregible. Tal vez por eso se había casado con la persona más práctica y realista del planeta: mi madre. Sus palabras fueron como un chorro de agua helada:

—Estate por el trabajo, gasta poco y déjate de chicos. Piensa que en tres meses tendrás que volver para empezar la universidad. No quiero que se te llene la cabeza de pájaros. Por mucho premio Nobel que circule por allí, no olvides que no eres Einstein, sino la chica que sirve los cafés con leche.

Al tomar tierra en el aeropuerto de Ginebra, me acobardé por primera vez desde que me había enrolado en aquella aventura. Sentí que el cielo nublado se me venía encima. Todos mis amigos estaban de vacaciones, mientras yo me dirigía a un lugar desconocido a trabajar en algo de lo que no tenía ni idea. Había mentido en el cv al decir que había trabajado de mesera los últimos dos veranos en un cámping de la Costa Brava.

De repente, deseé volver al avión para regresar a mi soleada ciudad, al mundo conocido, donde todo era aburrido y previsible, pero seguro al fin.

«Respira hondo», me dije al darme cuenta de cómo me temblaban las piernas en la cola del control de aduanas. «Te estás comportando como una chiquilla asustada». Esa reprimenda me dio el coraje necesario para resistir el ataque de pánico. Pasé el control sin apartar la mirada del suelo y puse rumbo a la cinta transportadora.

En la sala de recogida de equipajes, un póster inmenso mostraba una imagen de satélite del lugar donde pasaría todo el verano. Se me escapó una sonrisa ante lo que parecía una bienvenida dirigida a mí. En medio de la vista aérea se podía leer:

CERN: EL LUGAR DONDE NACIÓ LA WORLD WIDE WEB

La semana antes de tomar el avión, había googleado todo acerca de este sitio. Averigüé que CERN* son las siglas del Centro Europeo de Investigación Nuclear, el laboratorio de física nuclear donde se ha construido el mayor acelerador de partículas del mundo: ¡27 kilómetros de circunferencia! Al parecer, esa máquina gigantesca iba a servir para comprender el origen del universo. ¡Wow!

Recogí mi maleta y tomé la salida en dirección a la parada de autobús, donde se agolpaba un grupo de excursionistas jóvenes. Supuse que se aventurarían en alguna ruta por los Alpes.

A mi lado esperaba un viejecito con una chamarra de pana marrón y un fino suéter oscuro. Me miró a través de unos lentes de montura antigua con sus ojos pequeños pero alegres. Le devolví la sonrisa tímidamente. Tenía pinta de ser un conserje jubilado.

Cuando llegó el autobús que debía dejarme a las puertas del CERN, ocupé un asiento cerca del conductor y el viejecito se sentó a mi lado.

—Hola jovencita —me saludó en un inglés perfecto—. No eres de por aquí, ¿verdad?

Tenía pocas ganas de entablar conversación, estaba demasiado nerviosa. Sin embargo, la simpatía de aquel abuelito me impedía ser maleducada. Le devolví el saludo en inglés y añadí:

—Vengo de Sevilla.

—Preciosa ciudad… ¡Me encantan el flamenco y las tapas! ¿Se puede saber qué te ha traído a Suiza?

—Voy a trabajar este verano en el CERN, el laboratorio de física que hay a las afueras de Ginebra.

—Conozco el lugar —sonrió el anciano.

---

* Del francés, Conseil Européen pour la Recherche Nucléaire.

Esperaba que la conversación terminara aquí. A modo de evasiva, desvié la mirada distraídamente por la ventana, pero el anciano no tenía intención alguna de quedarse callado.

—Pareces un poco joven para ser investigadora, ¿o acaso eres un geniecillo?

—No soy ningún genio... Sólo trabajaré como mesera durante estos tres meses de verano.

Pude notar la tristeza que acompañaba mi última frase. De nuevo se me hizo un nudo en la garganta al pensar en los meses que me esperaban. En la preparatoria había conseguido las mejores notas de mi curso. Allí sí que me consideraban un geniecillo. Todos mis profes aseguraban que sería una universitaria brillante. No obstante, en ese momento me encaminaba al sitio con más cracs por metro cuadrado del planeta, y sin otra misión que servirles café.

Esa perspectiva me hacía sentir muy insignificante. Volví a ser consciente de lo sola que estaría durante esas interminables semanas. Me mordí el labio y tragué saliva con fuerza para diluir la horrible sensación de estar a punto de llorar.

—Un destino curioso para ganarse algún dinerillo...

«¡Viejo entrometido!», suspiré molesta, aunque el mal humor me ayudaba a contener las ganas de llorar. Agradecida al menos por eso, le seguí el juego:

—Descubrí una bolsa de trabajo europeo donde aparecía esta oferta para estudiantes. El año que viene quiero entrar en la universidad y estoy dudando entre estudiar matemáticas o física. Un tiempo fuera de casa me ayudará a decidirme.

No creí necesario explicar al buen hombre que mis padres habían tenido que cerrar su pequeña librería. La crisis había podido más que un sueño iniciado antes de que yo naciera. Mientras mi padre buscaba cualquier trabajo, mi madre había empezado a remendar prendas de las vecinas, pero no era suficiente para afrontar los gastos de una carrera.

—Me parece una decisión muy sabia, jovencita. Por cierto, me estoy comportando como un viejo maleducado. Ni siquiera me he presentado: me llamo Murray.

—Yo soy Laila.

—Un nombre precioso, geniecillo.

—Es de origen árabe —le expliqué—. Significa «hermosa».

—Entonces, aparte de un nombre bonito, es muy apropiado para ti. Por cierto, si te alojas en el CERN, tienes que bajar en la próxima parada. Te voy a apuntar mi número de teléfono. Si necesitas cualquier cosa, hijita, cuenta conmigo.

Dicho esto, sacó una estilográfica y anotó en un pedacito de papel varias cifras antes de doblarlo y ofrecérmelo.

Iba a agradecerle de corazón aquel gesto, cuando el autobús llegó a mi parada. Bajé de un salto y recogí mi maleta de la bodega.

Antes de guardar en el bolsillo el papel que me había dado el anciano, pude leer una frase singular impresa en el dorso:

«Los analfabetos del siglo XXI no serán aquellos que no sepan
leer o escribir, sino los que no puedan aprender,
olvidar lo aprendido y aprender de nuevo».
ALVIN TOFFLER

Guardé la nota en mi libreta. Había decidido que se convertiría en mi cofre de pequeños tesoros. Aún no era consciente de cuántos de ellos iba a acumular durante los meses de aquel verano inolvidable.

2. ANGELINA

La carretera que daba acceso al CERN terminaba en una caseta de vigilancia. En un edificio anexo debía recoger la acreditación que me permitiría pasar el control de seguridad.

Me recibió una funcionaria de aspecto soviético con cara de pocos amigos. Estaba detrás de un mostrador decorado con plantas de plástico del que sobresalía una pantalla de computadora.

Chapurreando en francés, conseguí explicarle el objetivo de mi visita y me hizo una fotografía con su webcam. Desgraciadamente, tendría que lucir aquella instantánea en la que salía horrorosa en mi *badge* —el pase de acreditación— durante toda mi estancia en el CERN.

Tras darme una carpeta con el seguro médico y el contrato temporal, me ofreció un mapa con todos los edificios que formaban el complejo del laboratorio. Me sorprendió que fuera tan enorme, aunque estaba compuesto por un sinfín de pequeños bloques.

—Aquí es donde te alojarás: edificio 41, puerta izquierda. En esta residencia se albergan también los estudiantes de verano.

«¡Genial! —pensé enseguida—. Al menos habrá gente joven».

Le agradecí amablemente todas las indicaciones que me había dado y salí volando.

Maldición. Había empezado a llover. Me cubrí la cabeza con la carpeta mientras me dirigía a toda prisa hacia el control de seguridad al aire libre. Avergonzada, enseñé la acreditación con mi peor fotografía hasta la fecha.

Los agentes de seguridad hablaron entre ellos en un francés demasiado rápido para que les comprendiera. Estaba convencida de que se reían de mi foto, ya que me saludaron entre sonrisas y me dejaron pasar.

No tardé en llegar a la puerta de mi residencia, donde me recibieron un montón de bicicletas viejas y oxidadas. Ninguna de ellas tenía candado y eran todas iguales, con un pequeño logo del CERN en el guardabarros.

Me pregunté si podría tomar una prestada para escaparme a Ginebra, que estaba a pocos kilómetros de allí. Eso si dejaba de llover en algún momento, claro.

El feo y anticuado edificio de hormigón me decepcionó. Esperaba unas instalaciones más modernas, futuristas incluso. Al fin y al cabo me encontraba en el laboratorio de investigación más puntero del mundo.

Una vez en el tercer piso, no me costó dar con la habitación que me habían asignado, la 317. Podía oír música machacona a través de la puerta, lo que significaba que mi compañera de cuarto estaba dentro. Llamé y esperé, pero nadie contestó, así que decidí entrar con mi propia llave.

La música salía de una Mac que estaba en uno de los dos escritorios de la habitación. Era lo bastante amplia para dos personas, pero mi compañera parecía no opinar lo mismo. Encontré unos sujetadores negros de encaje en el suelo junto a dos calcetines sucios. Había dos camas arrimadas a las paredes laterales de la estancia. Una de ellas estaba completamente deshecha y la otra hacía la función de armario horizontal para un montón de ropa desordenada.

Me quedé plantada en medio del cuarto, sin saber exactamente dónde colocar mi pequeña maleta. No disponía de mucha ropa, pero debía esperar a que mi compañera desalojara sus trapitos de mi cama para instalarme.

Tomé de su escritorio una libreta que sobresalía de entre los papeles llenos de apuntes y fórmulas. Pude ver en una perfecta caligrafía que había escrito su nombre: Angelina.

Justo entonces la puerta del baño se abrió de sopetón y di un respingo. Una chica completamente desnuda y mojada de pies a cabeza me increpó:

—¿Se puede saber qué carajos haces con mis cosas? —gritó mientras me arrancaba la libreta de las manos.

Me miró de arriba abajo con desprecio antes de añadir:

—Así que tú eres la estudiantucha con la que tengo que compartir esta mierda de habitación. Espero que no seas una cleptómana o te las verás con mi puño.

—Te equivocas —le respondí en un inglés mucho más británico que el suyo—, no soy una estudiante de verano. Trabajaré en el restaurante y sí... parece que voy a ser tu compañera de cuarto.

Mientras murmuraba algo incomprensible entre dientes, la expresión de su cara pasó del fastidio a la curiosidad.

—¿Mesera? Eso sí que es una buena noticia. Por fin voy a tener copas gratis.

Dicho esto, agarró con ambos brazos toda su ropa de encima de mi cama y la lanzó, sin ningún cuidado, sobre la silla de su escritorio.

A pesar de estar completamente en cueros, aquella chiflada se movía por la habitación con total naturalidad. Y la verdad era que tenía un tipazo de esos que te permiten andar en bikini o sin él con orgullo. Debía de medir metro setenta como mínimo. Tenía unas largas piernas y unas curvas de vértigo. Su melena completamente mojada le caía sobre los hombros desnudos. Tenía unos pequeños ojos azules y una nariz puntiaguda con las pecas justas para resultar atractiva. Su tez, de un bronceado impecable, contrastaba a la perfección con su pelo rubio.

En comparación con ella, yo era una morena discreta que no le quitaba el hipo a nadie, aunque mi padre siempre me había comparado con la actriz Audrey Hepburn. Claro que eso era amor incondicional…

Alargué la mano y nos presentamos. Angelina me chocó los cinco al estilo estadounidense.

—Vuelve a llover… ¡Maldición! Lo que daría por estar haciendo surf en Tasmania en vez de estar clausurada en este asco de lugar lleno de frikies.

En un intento por volver a entablar una conversación cordial le pregunté:

—Entonces, ¿eres australiana?

—¿Pero tú qué eres: mesera o Sherlock Holmes? Nací en Florida, pero a mi viejo lo destinaron a Inglaterra hace siete años. Abu, yo le llamo así, es un prestigioso y aburridísimo catedrático de cosmología en la excelentísima universidad de Oxford. ¡Puaj!

—¡Qué suerte tener un padre así! —contesté admirada.

—Sí claro, apasionante. Por eso ha mandado aquí a Angie, su hija prodigio, para seguir sus fabulosos pasos y convertirme en otra pedante científica que duerme a las ovejas. Encerrada y sin una triste discoteca en kilómetros a la redonda donde enfiestarse un poco. ¡Qué infierno!

Unos golpes tímidos en la puerta interrumpieron nuestra conversación.

Me acerqué y pregunté quién era sin abrir, puesto que mi compañera de habitación iba sin ropa.

Como un rayo, Angie se me adelantó y abrió la puerta de par en par. Un chico moreno con un polo a rayas la contempló boquiabierto. Cohibido, apartó la mirada del cuerpo desnudo de aquella loca.

—Hay una fiesta en el pasillo del cuarto —tartamudeó sin dejar de escanearla de reojo—. Pensé que te gustaría venir...

—¿Tienen cerveza?

—Sí, mis amigos se han encargado de cruzar a Francia en busca de alcohol.

—*Cool* —contestó, relajada, mientras tomaba un vestido azul del montón de ropa.

Tras ponérselo apresuradamente, sin ropa interior, agarró por el brazo al chico y me dijo por encima del hombro:

—Que duermas bien, bebé.

Luego cerró de un portazo.

Tardé casi un minuto en procesar la escena que acababa de vivir. Fatigada por el viaje, apagué la música de su iTunes, me puse la piyama de verano y me tumbé en la cama. Luego seleccioné en mi iPod Nano una pista de Nikosia, *Melancholy n° 1*. Aquella canción encajaba como anillo al dedo con mi estado de ánimo.

Mientras se fundía la última luz de la tarde, aquella reparadora calma pronto se convirtió en soledad y en un cierto temor. Recordé una entrevista que había leído al psiquiatra Enrique Rojas. Mencionaba la fórmula: SOLEDAD + TIEMPO = DEPRESIÓN. Eso funcionaba así «excepto con los intelectuales, que nunca se sienten solos aunque no haya nadie a su lado», había dicho.

Yo no era una intelectual. Como mucho, un saco lleno de sueños, aunque tampoco sabía cuáles. Había llegado a un destino envidiable. Estaba en uno de los lugares más fascinantes del mundo. Sobre todo para mí, que barajaba estudiar una carrera de ciencias.

Aun así, me sentía perdida y sola. También algo pesimista. Tenía un humilde trabajo de mesera y una exhibicionista loca como compañera de cuarto. Todo apuntaba a que pasaría el tiempo libre de aquellos meses más sola que un dedo.

Una nueva cita, esta vez del viajero Bruce Chatwin, acudió a mi cabeza: «¿Qué hago yo aquí?».

Me permití la licencia de derramar alguna lágrima. Una vez abierto el grifo, el llanto surgió con facilidad. Abracé la almohada buscando consuelo. Aceptar aquel trabajo lejos de casa había sido una mala decisión, me dije. Antes de que pudiera rebatir esa idea, me quedé dormida.

3. EL LUGAR MÁS ABURRIDO
DEL UNIVERSO

Los tímidos rayos de sol me despertaron aquella primera mañana en el CERN. Gracias a los ronquidos de mi compañera de habitación no necesité ni un segundo para recordar dónde me encontraba. Abrí los ojos lentamente y me estiré.

Angie emanaba un fuerte olor a alcohol y tabaco. Tras una farra de cuidado, era raro que no me hubiera despertado al llegar, cuando yo me despertaba con el vuelo de una mosca.

Me puse unos jeans y una camiseta, procurando no hacer ruido. Un esfuerzo absurdo, ya que con la resaca que debía de tener Angie no la habría despertado ni una explosión nuclear en el laboratorio.

Salí con tiempo para no llegar tarde en mi primer día de trabajo. Gracias al mapa que me habían entregado a mi llegada, pude dar un paseo de reconocimiento por los alrededores del Restaurante 1. Aquél me pareció un nombre de lo más soso. En el

CERN había dos cantinas bautizadas con los números 1 y 2. Seguro que había mucha ciencia en aquel recinto, pero poca imaginación. Los alrededores eran idílicos, eso sí. Los grandes ventanales del restaurante daban a un precioso jardín verde con unas montañas de fondo que parecían sacadas de *Heidi*.

Media docena de científicos desgarbados rondaban por las instalaciones a aquella hora temprana. La mayoría llevaban gabardinas o impermeables contra la fina lluvia que caía casi en silencio.

Aunque faltaban quince minutos para el inicio de mi turno, decidí entrar y presentarme con el encargado, que en aquel momento estaba contando las monedas de la caja. Tendría unos cuarenta, era gordote y con cara de pocos amigos. Empezó a hablarme en un francés tan cerrado y atropellado que me costaba entenderle. Me enseñó a toda prisa cómo funcionaban la cafetera y la caja registradora, así como las neveras y unos barriles de Heineken que dormían en el almacén. Musitó algo incomprensible sobre unos oxidados balones de gas para la presión del tirador de cerveza.

Atemorizada, hice verdaderos esfuerzos por comprender su francés, aunque no lograba retener nada de lo que me estaba explicando.

Tras diez minutos de instrucción, se marchó entre gruñidos para encargarse del Restaurante 2, donde las neveras se estaban descongelando por un corte de electricidad. A modo de despedida, me dijo:

—Si surge algún problema, te las tendrás que arreglar por ti misma. *Bye*.

Sola al mando de la cafetería, me sentí como la perrita Laika a bordo del *Sputnik 2*, perdida en la fría inmensidad del cosmos.

Mientras esperaba mi primer cliente —o víctima— respiré hondo. «Ánimo, Laila», me dije a mí misma, «eres la número uno de tu grupo en la escuela. Preparar un café tiene que ser la cosa más fácil para ti».

En ese instante, dos tipos entraron en la cafetería y se sentaron en una larga mesa. Me acerqué para atenderles con un vacío en el estómago que me recordó que, con los nervios, no había desayunado.

Me sorprendió que me pidieran un vaso de leche con Nesquik. Era un alivio, al menos no tendría que lidiar con aquella cafetera de aspecto infernal.

Un minuto después entró el tercer cliente, que enseguida llamó mi atención. No sólo era realmente guapo, sino que desentonaba entre la fauna científica que había empezado a ver. Alto y moreno, parecía más un modelo de ropa casual que un genio distraído. Llevaba unos jeans nuevos, una camisa de corte italiano arremangada y unos modernos lentes de sol, algo fuera de lugar bajo las incansables nubes que cubrían el CERN.

Me puse a limpiar frenéticamente el mostrador para que no notara que me había fijado en él.

Resopló con resignación antes de apoyarse en la barra. Con la lentitud de quien tiene tiempo para perder, abrió su iPad y empezó a jugar a los *Angry Birds* mientras lanzaba miradas soñolientas a través de los grandes ventanales.

De repente, se quitó los lentes y me miró. Entendí que hasta entonces no me había visto. Me dedicó una amplia sonrisa y, tras un *good morning* con acento italiano, pidió un *cappuccino*.

Aquella petición me aterró lo suficiente para sacarme del estado de embobamiento en el que había caído. ¡Dios! Había llegado el momento de enfrentarme a aquella monstruosa máquina sin tener ni idea de cómo se prepara un *cappuccino*. ¿Por qué no se conformaría con un simple *espresso*?

—Ahora mismo —dije mientras ponía una taza grande bajo uno de los relucientes brazos y le daba a un botón rojo.

El doble surtidor empezó a escupir un agua blanquecina en la taza. Aunque no tenemos ojos en la espalda, pude sentir cómo el guapo cliente se llevaba las manos a la cabeza.

Segundo intento. Arranqué con dificultad el brazo de la cafetera y lo introduje en el encaje del molinillo. Una palanca lateral hizo que el polvo de café desbordara la cazuelita hasta convertirse en una lluvia tostada sobre mis pies.

Un sudor frío me recorrió la espina dorsal mientras encajaba nuevamente el brazo de metal en su sitio.

Botón rojo.

En esta ocasión obtuve un caldo marrón que fue llenando la taza. Hice acopio de valor para preguntarle con fingido profesionalismo:

—¿Quieres la leche caliente?

Se limitó a negar con la cabeza.

«Bien», me dije, puesto que no hubiera sabido cómo calentarla. Dispuesta a rematar la faena, tras acabar de llenar la taza de leche, espolvoreé la superficie con Nesquik y lleve el *cappuccino* a la barra.

—Gracias, preciosa. Eres nueva, ¿verdad?

—Sí, ¿por qué lo dices? —me puse a la defensiva.

—Recordaría tu cara de haberla visto antes.

Se subió los lentes de sol a la cabeza para mirarme con curiosidad. Tenía unos preciosos ojos castaños.

Intimidada, me escapé de su campo de visión lo más rápido posible y me retiré a los dominios de la cafetera con intención de limpiarla. Sin embargo, antes de alcanzarla, el guapo se coló desvergonzadamente detrás de la barra y me cortó el paso.

—¿Puedo darte un abrazo? —me pidió.

—¿Me tomas el pelo?

Antes de que pudiera reaccionar, me dio un abrazo, del cual me zafé tan rápido como pude. Sin saber qué decir, noté cómo el calor se apoderaba de mis mejillas.

—Tengo que felicitarte —dijo con irritante calma—. Es el peor *cappuccino* que he tomado en mi vida.

Humillada, tuve que hacer grandes esfuerzos para no romper a llorar. Pareció notar mi consternación, ya que utilizó un tono más dulce para decir:

—Ven, *bambina*, te voy a enseñar cómo preparar un *cappuccino* de película.

Dicho esto, se dirigió a la cafetera y me aleccionó:

—El secreto es dar con la proporción adecuada de café y espuma. Siempre pon la leche antes de echar el *espresso*. Debes añadir las mismas cantidades de espuma que de leche. Ven conmigo —añadió mientras me tomaba la mano—. Te enseñaré cómo se hace.

Mi corazón se aceleró cuando sus dedos se cerraron sobre mi mano. Di un respingo a la vez que rezaba porque no se hubiera dado cuenta del efecto que había producido en mí. Asentí ante sus palabras fingiendo que le prestaba una atención absoluta.

—¿Lo has entendido?

—Verás… —titubeé mientras notaba cómo mis mejillas se encendían de nuevo—. Mentí en mi currículum al decir que ya había trabajado de mesera… La verdad es que no tengo ni idea de cómo funciona todo esto.

Él acogió aquella revelación con una gran carcajada. Luego me dijo entusiasmado:

—¡Ésa es mi chica! Puedes estar tranquila. Ha llegado el bueno de Alessio para rescatarte.

—Yo soy Laila.

Le di la mano y la retuvo más tiempo de lo normal. O eso me pareció. La aparté un poco incómoda.

—¿Qué haces en el CERN? —le pregunté mirándolo a los ojos—. Perdona mi indiscreción, pero... no pareces uno de estos físicos que corren por aquí.

Alessio sonrió pícaramente y apoyó su espalda sobre la barra.

—De modo que no tengo pinta de científico... ¿Estás diciendo que parezco un palurdo?

«Tierra trágame», pensé segura de que no encontraría en el CERN científicos así de guapos.

—No es ninguna ofensa —me disculpó él—. Al contrario, visto lo visto, creo que me lo tomaré como un cumplido. Por cierto, no te confundas. Aunque hablo en italiano, soy suizo, de Lugano para ser más precisos. En mi ciudad hay una cafetería donde, según dicen, se sirve el mejor *cappuccino* del mundo.

Me tomó de la cintura con la excusa de apartarme para acceder de nuevo a la cafetera. Retiró la taza y se dispuso a terminar su obra. Segundos después, puso ante mí un humeante *cappuccino* con un corazón dibujado en la crema.

Parecía haber surgido de forma mágica, ya que no le había visto maniobrar sobre la leche batida. Seguido por su mirada expectante, me llevé la taza a los labios.

—Está delicioso —admití tras tomar un sorbo—. Entonces... puesto que no eres científico, ¿qué haces aquí? Si has venido a competir por mi puesto de mesera, ya puedo darme por perdida.

—Soy periodista, bueno… casi periodista. Solicité hacer prácticas en un periódico deportivo, pero todas las plazas estaban ocupadas y he tenido que aceptar un puesto de becario en la revista del CERN. Estaba libre porque éste es el sitio más aburrido del planeta. Aunque después del show que has organizado con mi *cappuccino* —sonrió acercando sus hipnóticos ojos marrones a los míos—, ya no estoy tan seguro.

—¿Estás intentando ligar conmigo? —me arrepentí al instante de haber dicho eso.

—Yo no soy de esos. A mí me ligan. El profesional de esto es mi amigo Enzo. Tiene una técnica muy elaborada: cuando entra en una discoteca, pide un gin-tonic y escoge una víctima entre las chicas. Va directo hacia ella y saca un cubito de hielo de su bebida. Lo tira al suelo, lo pisa y le dice: «Buenas noches, ahora que hemos roto el hielo, ya podemos ligar, ¿no te parece?».

—Patético… ¿Y le funciona?

—Nunca, que yo haya visto. Es la peor táctica que conozco.

Nos reímos juntos.

Desafortunadamente, en aquel instante apareció el encargado. Su rostro contraído revelaba que no le hacía ninguna gracia ver a un cliente detrás de la barra.

Alessio captó la situación al instante y salió del espacio reservado a los meseros en menos de un segundo.

La bronca en francés que me cayó a continuación fue de miedo. Aguanté el chaparrón estoicamente. Por suerte, sólo entendía tres de cada cinco palabras, pero asentí con cara de culpa.

Cuando el encargado terminó de gritar, arrojó un trapo sobre la cafetera y volvió a marcharse. Segundos después, Alessio se materializó de nuevo en la barra como si nada hubiera sucedido.

—Deberías estar agradecida con el viejo, *bambina* —me guiñó un ojo maliciosamente—. A no ser que te animes a seducirme, esta bronca será lo más emocionante que vivas aquí. *A domani*.

Me acarició el mentón a modo de despedida, antes de salir por la puerta de cristal que daba al jardín. Justo en aquel instante, Angie entró en la cafetería.

—Vaya, vaya... —murmuró con voz ronca—. ¡La bebé tiene un as en la manga! ¿Se puede saber de dónde has sacado a ese bombón?

—Buenos días, ¿qué tal la resaca? —contraataqué ignorando su pregunta.

—Fatal... Invítame una cerveza, porfa. Es lo mejor para equilibrar los niveles de alcohol. Anda, ten piedad de esta pobre desgraciada...

Aprovechando los nuevos conocimientos adquiridos, le preparé un *cappuccino* y se lo planté sobre el mostrador. Angie me miró resignada mientras se bebía el café con cara de asco. Su expresión cambió al preguntarme de repente:

—¿Lo has hecho alguna vez con dos tipos, Laila?

Callé para no meter la pata. La verdad era que ni siquiera lo había *hecho* con uno solo. La estadounidense tomó mi silencio por una negativa y añadió:

—Yo tampoco. Es prácticamente imposible que coincidan dos bombones en un mismo espacio y tiempo. Primera lección de física elemental. ¿Y esa cerveza?

4. NOTICIAS DE LA BASE LUNAR

PARA: ANTONIO PAPÁ
ASUNTO: CRÓNICAS DEL CERN I

Hola papi,

Siento haber tardado una semana en escribirte. ¡Parece mentira que ya hayan pasado siete días!

Ahora que miro atrás me doy cuenta de que el tiempo ha transcurrido de un modo muy extraño: rápido y lento a la vez. He vivido tantas cosas nuevas que tengo la sensación de llevar aquí un mes.

¿Te has sentido así alguna vez?

Empiezo a comprender lo que Einstein quería decir con eso de que el tiempo es relativo.

¡Tengo tanto que contarte que no sé por dónde empezar!

Comparto habitación con una chica muy singular. Se llama Angelina. Está estudiando física en Inglaterra y, aparte de ser muy pero muy guapa, es un genio. En serio, creo que es una superdotada. También está un poco loca, pero no es nada preocupante.

Sólo tiene un par de años más que yo, pero ha entrado en el CERN como *summer student*, un programa para licenciados de último curso.

Por las tardes, cuando estamos juntas en la habitación, me explica lo que ha aprendido en sus clases y no entiendo ni papa. ¡Me siento tan tonta e insignificante a su lado! Incluso tiene un pizarrón en la habitación lleno de fórmulas y gráficas vertiginosas.

Me fascina la capacidad que tiene Angie para detenerse en medio de una explicación de física de partículas, soltarme un chisme amoroso de algún compañero de clase y, tras una carcajada, seguir con la demostración matemática en el punto exacto donde se había interrumpido.

El padre de este genio con minifalda es catedrático de cosmología en Oxford. Al parecer es toda una celebridad, pero ya le viene de familia. Uno de sus antepasados es Percival Lowell, un famoso astrónomo que se emperró en buscar un nuevo planeta más allá de Neptuno. A pesar de que murió antes de alcanzar su sueño, uno de sus discípulos llamado Tombaugh descubrió el planeta al que llamó Plutón (al parecer, las primeras letras, PL, fueron en honor a Percival Lowell). El antepasado de Angie también era famoso por estar un poco chiflado. Creía que Marte estaba cubierto de canales, construidos por laboriosos marcianos. Puede ser que Angie no sólo heredara de él una cabeza privilegiada para la física… ¡quién sabe!

De su madre no me ha contado mucho. Lo único que sé es que decidió buscar la iluminación espiritual en la India, y abandonó al profesor y a Angie cuando era muy pequeña. Hace años que no tienen noticias de ella, pero al parecer vive en un *ashram* del Himalaya, una especie de comuna regida por un gurú.

Por difícil que parezca, Angie tiene idealizada a su madre. El otro día me enseñó a hacer «los ritos tibetanos de la larga juventud». Consisten en unos movimientos y estiramientos parecidos al yoga. Creo que echa mucho de menos a su madre, a pesar de que casi ni la conoce. Debe de sentirse muy sola.

Mi vida es mucho menos interesante que la de Angelina. Trabajo cada día en el Restaurante 1. Ya tengo el trabajo más o menos controlado, aunque aún me hago un lío con el pase de los menús. El otro día un ogro vegetariano se puso a gritar como un loco cuando le planté un plato de hígado de cordero encebollado.

Además de mi compañera de habitación, he hecho migas con un periodista en prácticas. Se llama Alessio y, aunque siempre está despotricando contra el CERN, creo que le está agarrando el gustillo a esto de la ciencia.

Ayer me explicó cómo Eratóstenes, en el siglo III a. C., logró calcular el diámetro de la Tierra con asombrosa precisión. Dejé que me narrara la historia entera a pesar de que tú y yo la conocemos perfectamente. La cuenta Carl Sagan en *Cosmos*, nuestro documental preferido. ¿Te acuerdas? ¡Es asombroso que lo consiguiera sólo con unas estacas y sus sombras!

He escrito toda la historia en la libreta que me regalaste (por cierto, ¡ya te dije que me parece el regalo más genial del mundo!). Decidí que anotaré en ella todas las anécdotas que aprenda aquí. Así, cuando vuelva a casa te las podré contar sin olvidar ningún detalle. ¡Te prometo algún avance con cada correo!

Para alimentar la libreta, me he apuntado mañana a una visita guiada por las instalaciones del CERN. La haré por la tarde, después de mi turno en la cafetería. ¿Sabías que todos los que trabajamos aquí nos podemos convertir en guías oficiales, incluso yo, a pesar de ser solamente una mesera?

Es un trabajo voluntario. No cobraría nada, pero… sería atómico, ¿no te parece?

En fin, los echo mucho de menos. Cuéntame cómo están todos y si la abuela se encuentra mejor de su artrosis (dale uno de esos besos metralleta de mi parte :—).

¡Te quiero mucho, papá!

Laila

P.D. Cuando le leas el correo a mamá, sáltate lo de Alessio, porfa… No quiero que se ponga pesada con el tema de los chicos, ¿de acuerdo? SÓLO ES UN AMIGO.

5. SIN TI ESTARÍA PERDIDO

Llegaba unos minutos tarde a la visita del CERN. Me había retrasado por culpa del último turno de comidas, que empezó tarde por una conferencia de Nicolas Gisin, un especialista en teleportación cuántica. Al parecer había conseguido teleportar unas cuantas partículas desde Ginebra hasta Lausanne, tipo Star Trek.

Abrí de un empujón la puerta que daba a un pequeño auditorio del edificio principal. Allí empezaba la ruta. La sala estaba a oscuras, levemente iluminada por una pantalla donde se proyectaba un documental sobre el origen del universo.

Mi repentina aparición hizo que fuera la estrella, aunque no por mi lucidez, por unos segundos. Una pareja de ancianos me sonrió amablemente antes de volver a concentrarse en la película. Aparte de la pareja, cinco tipos trajeados estaban sentados en la primera fila. Parecían vendedores de seguros.

Un chico joven con unos grandes lentes apareció cojeando detrás de la puerta. Lo había golpeado al entrar. Intenté disculparme, pero me interrumpió llevando su índice a los labios. Luego me indicó con señas que me sentara.

Avergonzada, me dejé caer sobre la primera silla y traté de concentrarme en la explicación del documental.

Al parecer sólo me había perdido los instantes iniciales del Big Bang, la gran explosión que dio lugar al inicio del universo hace unos 14 000 millones de años.

La simulación por computadora de cómo había empezado todo era alucinante. Una voz en *off* explicaba cómo, después del bombazo, nuestro extremadamente caliente universo empezó a enfriarse hasta que de la sopa cósmica se crearon los constituyentes de la materia: los quarks y los electrones. A pesar de que sólo hicieron falta unos tres minutos para que los quarks se unieran creando protones y neutrones que se convertirían en núcleos atómicos, fueron precisos 380 000 años para que los electrones empezaran a orbitar alrededor de los núcleos formando los primeros átomos.

Justamente ése era el objetivo del CERN: como si de una inmensa máquina del tiempo se tratara, los científicos pretendían recrear los instantes iniciales del universo. Con ello trataban de entender el origen de la materia.

En cuanto se encendieron las luces, saqué mi Moleskine y empecé a tomar notas.

El chico que había aplastado a mi llegada resultó ser el guía y conferenciante, aunque tendría poco más de veinte años. Era rubio y atlético. Sus marcadas mandíbulas encuadraban unos rasgos agradables, pero llevaba unos lentes de pasta demasiado antiguos. No le favorecían nada. Eso sí, los jeans, las botas y su camiseta deslavada contrastaban con la horrorosa formalidad de los trajeados de la primera fila.

Con un fuerte acento estadounidense, empezó a explicarnos un montón de curiosidades sobre la creación del laboratorio, en 1954. Después de la Segunda Guerra Mundial, muchos científicos emigraban a Estados Unidos para proseguir con sus investigaciones. Para frenar ese éxodo de cerebritos se creó en Suiza, territorio neutral, este gran centro de investigación. Un espacio donde científicos de todo el mundo podrían reunirse sin otro objetivo que el de hacerse preguntas sobre nuestro universo y, con suerte, encontrar algunas respuestas.

El joven guía remarcó el hecho de que las investigaciones del CERN están abiertas a toda la humanidad y que jamás tenían una finalidad militar.

Interesada por aquel chico que hablaba tan bien, no sospechaba que, semanas después, yo llegaría a descubrir por qué le había dado tanta importancia a ese punto.

Después de esta puntualización, nos presentó a la niña bonita del CERN: el Large Hadron Collider, o Gran Colisionador de Hadrones.

Sabía por experiencia lo que eran los ladrones, ya que habían entrado a robar en casa hacía unos meses, pero los hadrones eran para mí un misterio.

—El LHC no sólo es el acelerador de partículas más grande del mundo —explicaba apasionadamente—, con veintisiete kilómetros de circunferencia, sino también la máquina más fría del universo gracias a sus -271.3 °C. Piensen que la temperatura media del helado cosmos es de unos -270.9 °C.

—¿Y qué utilidad tiene meter el cosmos en la nevera? —preguntó un encorbatado que se las daba de gracioso.

—Los imanes que atraen las partículas y las hacen girar son superconductores y sólo funcionan a bajísimas temperaturas. Para meter al universo aún más «en la nevera» utilizamos helio líquido. Así casi conseguimos el cero absoluto, es decir -273.15 °C.

El joven físico acompañaba sus explicaciones con enérgicos movimientos de sus brazos, como si quisiera escenificar la fría carrera de las partículas. Se notaba que le apasionaba ofrecer aquellas clases.

Mientras le escuchaba hablar, totalmente hipnotizada, tuve la agradable sensación de comprender, por primera vez, muchos conceptos que Angie mencionaba de pasada. Hasta entonces me habían parecido crípticos y difíciles de seguir.

—En el CERN —prosiguió el joven mientras se limpiaba los lentes de montura antigua— estudiamos las partículas que forman la materia, así como las fuerzas que actúan entre ellas: la gravitacional, la electromagnética y las fuerzas nucleares fuerte y débil.

—Creo que se olvida de una, joven profesor —le interrumpió la anciana con una amplia sonrisa—. Ha olvidado nombrar la fuerza más poderosa de todas: el amor.

El joven conferenciante enrojeció. Parecía turbado, como un estudiante sorprendido en la única materia que no había estudiado. Su reacción ante aquella pregunta inesperada dotó sus rasgos de una calidez que lo hacía muy atractivo. Tras recuperar la compostura, dijo:

—Puesto que soy soltero, tal vez eso signifique que no he sido capaz de resolver aún la ecuación del amor —añadió guiñando un ojo a la anciana—. Es una incógnita que ya tendré tiempo de despejar. Ahora, si me acompañan, un microbús nos espera para llevarnos a ver el LHC.

Después de abandonar el pequeño auditorio, cuando nos acomodamos en el vehículo, los cinco trajeados se sentaron cerca del guía y lo estuvieron bombardeando con preguntas durante todo el trayecto.

—El acelerador está excavado en un túnel bajo tierra, ¿verdad?

—Efectivamente. Se encuentra, según la pendiente del terreno, entre cincuenta y cien metros bajo el suelo. Cuando los dos equipos acabaron de excavar en direcciones opuestas el túnel circular, situado entre el lago de Ginebra y los montes de Jura, se encontraron con un error máximo de un centímetro. ¡Los ingenieros estaban muy orgullosos de aquella proeza!

—¿Y cuánto ha costado construir este acelerador tan grande? —oí que preguntaba uno de ellos.

—Sólo la máquina asciende a unos tres mil millones de euros. Puede parecer mucho dinero, pero los beneficios que obtiene la humanidad de la investigación son incalculables. Por ejemplo, la medicina ha dado pasos de gigante gracias a la tecnología desarrollada en el CERN, como los rayos X o la radioterapia de electrones o protones contra los tumores, eso sin olvidar que fue aquí dónde nació la World Wide Web.

Un cuarto de hora más tarde, llegamos a un gris complejo con aspecto de barracón. Nuestro guía nos presentó una maqueta a escala del llamado CMS, uno de los detectores de partículas del laboratorio. Nos explicó que era tan grande como una catedral.

—En el túnel que tenemos bajo los pies se aceleran dos haces de protones, en direcciones opuestas y a velocidades cercanas a la de la luz. Van tan rápido que estas partículas consiguen dar once mil vueltas a todo el acelerador cada segundo. A lo largo de los veintisiete kilómetros del LHC, hay cuatro grandes detectores llamados Atlas, CMS, LHCb y Alice, y otros dos menores llamados TOTEM y LHCf. En estos seis puntos, los haces de partículas colisionan entre sí para que podamos captar lo que sucede en estas explosiones minúsculas pero de enorme energía. La información que recogen estos detectores durante un año es tan enorme que si la copiáramos en CD y los apiláramos tendríamos… ¡una columna de veinte kilómetros de alto! Más de dos veces y medio el Everest.

—¡Debe de ser una máquina enorme! —exclamó impresionada la anciana—. Tomando en cuenta que tiene que detectar cositas tan pequeñas…

—Lo es. Piensen que el sistema de imanes de este detector, el CMS, está formado por diez mil toneladas de hierro, más que la Torre Eiffel, que *sólo* pesa siete mil toneladas.

Aunque todo aquello era sin duda fascinante, empezaba a sentirme embotada por tantos datos. Me apoyé en la pared para tomar aliento antes de regresar al minibús, donde la pareja de ancianos discutía con los trajeados sobre la complejidad de aquella obra titánica, que duró, como una condena, quince largos años.

Me sentía confusa e insignificante cuando ocupé el asiento al lado del guía sin darme cuenta. Su voz grave y calmada me despertó del letargo.

—¿Qué te ha parecido la visita? Espero que no te haya aburrido demasiado.

—Al contrario, me ha encantado, de verdad…

—¿A qué se debe tu visita al CERN? —preguntó con timidez.

—Trabajo aquí.

—¡Vaya! Pareces muy joven para ser investigadora. Debes de ser una estudiante prodigio. ¿En qué división estás?

Totalmente avergonzada, desvié la mirada al suelo del microbús y confesé:

—De hecho, trabajo como mesera. He aceptado un empleo temporal para ganar algo de dinero y pagarme la universidad.

—¿En cuál de los dos restaurantes estás? —preguntó como si no le interesara qué iba a estudiar después de aquel verano.

—En el 1. Llegué hace muy poco. Ésta es mi segunda semana aquí. Pensé que sería buena idea asistir a una visita guiada para tener una mínima idea de lo que hacen los científicos. Quizá así entienda las extrañas conversaciones que oigo mientras toman café.

—¡Me parece fantástico! Es la primera vez que alguien del restaurante viene a una de mis visitas. Espero haberme explicado de manera sencilla, aunque lo que pasa aquí abajo es cualquier cosa menos sencillo.

—Lo has hecho muy bien —lo alabé sin poder evitar un sentimiento de humillación—. Hasta un niño de escuela lo habría entendido. Incluso una mesera que sólo pasa los platos del menú y sirve cafés.

—¡No infravalores tu tarea! Gracias a la cafeína, que bloquea un neurotransmisor que facilita la aparición del sueño, los científicos podemos entregarnos a nuestras elucubraciones mentales. Sin ti, estaría perdido.

6. MONDAY GLOOM

Estaba oscureciendo cuando, tras un largo paseo, volví a la residencia mucho más fatigada que otros días. Pensar cansa. Al empujar la puerta de la calle me asaltó un olor a fritanga, pese a que las habitaciones no disponían de cocina.

Subí los tres tramos de escaleras hasta la puerta 317. Del interior surgía el ritmo encabalgado de *Knights of Cydonia*, de Muse.

Al entrar, me sorprendió que la luz de la habitación estuviera apagada. Distinguí las siluetas de dos chicas y tres chicos que observaban con gran atención un microondas abierto.

—¡Acércate, Laila! —Angie me hizo un gesto con la mano—. Esto es un experimento cuántico.

El suave resplandor del electrodoméstico iluminó a un chico pelirrojo, con unos lentes estrechos, quien se encargó de darme la explicación pertinente:

—Les estoy demostrando cómo las microondas pueden ionizar el gas de una bombilla y encenderla. ¡Espera y verás!

Habían colocado una bombilla con la rosca metálica dentro de un vaso con agua. Tras cerrar el microondas, el pelirrojo lo activó. Segundos después, pudimos ver cómo efectivamente la bombilla desprendía unos instantes de luz.

—Klaus, ilumínanos con tu teoría —le pidió Angie con fingida solemnidad.

Mi compañera de cuarto le lanzó uno de los rotuladores de nuestro fantástico pizarrón. Ninguna otra habitación disponía de una, que yo supiera. De hecho, ésta la había robado del despacho de un profesor que le caía antipático.

Klaus empezó a dibujar símbolos extraños en la superficie del pizarrón, mientras hablaba sobre cómo la radiación provocaba que los electrones salieran disparados de los átomos.

Otro de los chicos, un inglés muy delgado, le llevaba la contraria:

—Pues yo no creo que sea por la ionización. Seguramente el metal ha hecho de antena y transmitió al filamento de la bombilla la corriente necesaria para encenderla.

—Se equivocan los dos —intervino Angie—. Está clarísimo, ¿no lo ven? Se enciende por la radiación de cuerpo negro.

—Pues mi cuerpo blanco ruge de hambre —protestó una estudiante de pelo rizado sentada en el regazo de un chico corpulento—. La pizza que ha traído Pierre del *take away* se va a enfriar. Recalentada en el microondas no vale nada.

Acto seguido repartió la pizza con trozos de papel de cocina, mientras Klaus, Angie y el delgaducho seguían discutiendo ante el pizarrón el motivo por el que aquella bombilla se había encendido.

—Yo soy Chantal —se presentó mientras me daba una porción— y éste es mi novio, Pierre.

El chico me dio tímidamente la mano mientras les decía mi nombre.

—¿También eres *summer student*? —me preguntó.

—No, trabajo de mesera en el Restaurante 1.

Lo dije en voz bajita, mientras mordía con desgano la pizza. Chantal se sentó al lado de Pierre, marcando territorio, y añadió con un poco de sorna:

—Qué ironía que te hagan compartir habitación con Angie... una chica del servicio y la estudiante con mejor expediente.

Aquel comentario me hirió en lo más profundo. La expresión de Pierre denotaba que se sentía violento. Afortunadamente, en ese instante Klaus interrumpió nuestra conversación y se presentó a sí mismo y a su amigo Arthur, el inglés escuálido.

Antes de que yo pudiera decir algo, Chantal empezó a hablar sobre un ejercicio de física que había visto aquella mañana. Los dos chicos se enfrascaron en un debate de lo más apasionante, para quien pudiera comprenderlo, claro. Mascullaban algo sobre roturas de simetría y deducción matemática de nuevas partículas.

Yo me limité a cenar en silencio, deseosa de pasar lo más desapercibida posible.

Terminada la discusión, Pierre y Angie se separaron del grupo para ir a fumar al lado de la ventana. Pude apreciar cómo Chantal los vigilaba con sus ojos de un azul venenoso.

Su novio belga, como ella, era más bien callado pero tenía pinta de bonachón. Al hablar con Angie se mostró más animado de lo que había estado en toda la velada.

Yo podía entenderlo. Mi genial compañera de habitación estaba guapísima esa noche. Se había recogido su melena dorada en un moño del que sobresalían unos mechones desenfadados.

Vestía una faldita corta y una camiseta de tirantes que envolvía su pecho turgente. Iba descalza.

Chantal se fue desconectando cada vez más de la cháchara mientras su cara se agriaba exponencialmente.

«¿Cómo no se dan cuenta los demás de que Chantal está a punto de explotar de celos?», pensé mientras Klaus y Arthur se carcajeaban de un profesor emérito con el que compartían curso.

Cuando el aguante de la belga llegó al límite, fue en busca de su novio y empezó a gritarle en lo que me pareció que era neerlandés.

A Angie no pareció inquietarle aquella bronca, ya que se limitó a mirar a la belga con autosuficiencia mientras encendía otro cigarro.

Klaus y Arthur no se dieron cuenta de la situación hasta que Chantal atravesó furiosa el cuarto y lo abandonó con un potente portazo.

Su compañero se disculpó ante todos, rojo de vergüenza.

—¡No seas blandengue, Pierre! —le recriminó Angie—. Deja que se marche y no la sigas.

El belga le devolvió una mirada de resignación y se encogió de hombros antes de salir precipitadamente tras su media naranja.

—Este tipo es tonto —despotricó Angie—. No entiendo por qué se deja controlar por esta amargada. Deberíamos denunciarla a la sociedad protectora de novios atolondrados. ¿Qué hacemos, chicos, sacamos ya el coctel de la nevera?

—Tiene muy buena pinta —dijo Arthur—. ¿Qué diablos has mezclado ahí?

—Eso es secreto de sumario —rió Angie—. Habrá que ponerle nombre.

Klaus le siguió el juego mientras Arthur hojeaba un libro que, esa misma mañana, yo había sacado de la biblioteca del CERN. El título me había llamado la atención: *¿Está usted de broma, Mr. Feynman?* Sólo había tenido tiempo de leer la contraportada, pero al parecer narraba anécdotas de uno de los mejores físicos —y uno de los más excéntricos— del siglo pasado. Aparte de ganar el premio Nobel por sus contribuciones a la electrodinámica cuántica, Feynman era conocido por su afición a tocar los bongos y a las mujeres.

Había estado recluido con otros científicos en el Laboratorio Nacional de Los Álamos, donde ayudó a crear la primera bomba atómica. Era un lugar extremadamente aburrido en el que no había nada que hacer, así que Feynman se entretenía abriendo las cajas fuertes del laboratorio por el simple placer de poner en entredicho la seguridad de aquel recinto militar.

—¿Lo estás leyendo, Angie? —le preguntó Arthur con un leve tartamudeo—. Es uno de mis libros preferidos.

—Es de la júnior —contestó mi compañera, que interrumpió por unos segundos su conversación con Klaus.

Además de advertir que había subido de categoría —una semana antes era «la bebé»—, vi cómo el tímido inglés buscaba excusas para llamar la atención de mi atractiva compañera de cuarto.

Me dio por apiadarme de él, así que acaparé a Klaus de modo que Angie quedara libre para aquel chico tan reservado. Mi inseguridad habitual se esfumó gracias al convencimiento de que realizaba una buena acción.

Recordé cómo un amigo de mis padres había entablado conversación conmigo la Navidad pasada. Sentado a mi lado en la comida, me dijo a modo de presentación: «Yo arranco muelas, ¿y tú qué haces?»

Aquella entrada salvaje me había hecho reír y me propuse reproducirla con Klaus:

—Yo sirvo cafés en el Restaurante 1, ¿y tú qué haces?

—Pues hasta ahora tomar cafés en el 2, pero creo que cambiaré de local —contestó guiñándome el ojo.

Tal como había previsto, Angie se sentó al lado de Arthur y empezaron a charlar. Tal vez comentaran anécdotas divertidas del profesor Feynman.

—Y aparte de tomar café en el restaurante equivocado, ¿en qué división trabajas?

—Estoy en el proyecto Alpha. En vez de acelerar partículas, que es lo que está de moda por aquí, nosotros las desaceleramos.

—¡Así que son del movimiento *Slow*!

Recordaba haber leído un reportaje sobre aquella corriente que abogaba por la lentitud. Entre otras cosas se oponían a la cultura del *fast food* —prefieren esperar dos horas para una comida casera— o a los supermercados 24/7. Al parecer, a Klaus no le entusiasmaba el movimiento, ya que dijo:

—Pues a mí me encanta el McDonald's. Eso tiene sus ventajas, júnior. No tendrás que reservarte todo el fin de semana si te invito a cenar.

Era obvio que el pelirrojo me estaba echando los perros, pero al menos era simpático. Se agitaba nervioso y tenía las uñas de las manos completamente mordidas. Dio un sorbo a su vaso de vino antes de declarar:

—Para efectos prácticos, lo que hacemos es generar antimateria.

—¿Antimateria?

—Del mismo modo que todo lo que nos rodea, la materia, está formado por partículas mucho más pequeñas, la antimateria se compone de antipartículas.

—Y esas antipartículas… ¿existen en realidad?

—¡Claro que sí! Al nacer una partícula, también lo hace su antipartícula. El yin y el yang. No se crea la una sin la otra. En los instantes iniciales del universo, en el Big Bang, surgieron tanto las partículas de materia como las de antimateria. Se armó un buen relajo.

Klaus movía las manos para ilustrar sus explicaciones. Era un tipo alegre, aunque su camiseta retro de Star Trek le daba un toque frikie. Fascinada, me propuse grabar en la mente todo lo que me contaba para anotarlo más tarde en mi libreta.

—Pero… —lo interrumpí— cuando se juntan las partículas de materia con las de antimateria, se destruyen entre sí, ¿no es cierto? Entonces, si se crearon tantas partículas como antipartículas, ¡no debería haber sobrevivido nada en nuestro universo!

El alemán sirvió más vino en nuestros vasos de plástico mientras proseguía con la explicación. Se notaba que estaba disfrutando con su protagonismo ante una ignorante como yo.

—Por algún motivo que todavía no comprendemos, hubo una desigualdad entre materia y antimateria. De esta batalla campal entre partículas y antipartículas, la materia se alzó vencedora y se crearon las estrellas, los planetas… ¡y todos nosotros!

—Entonces, ¿no es peligroso que creen antimateria aquí?

—Para nada, de hecho nuestra producción de antimateria es tan minúscula que ni siquiera te conseguiría hacer cosquillas.

—Eso suena muy *Ángeles y demonios*, la novela de Dan Brown en la que amenazaban con volar el Vaticano con una bomba de antimateria… ¿Es cierto que es una arma tan peligrosa?

—Podría llegar a serlo pero, al ritmo que vamos en el CERN, necesitaríamos dos mil millones de años para producir un simple gramo de antimateria para una pequeña bomba. No vale la pena. Puestos a fantasear, preferiría usarla para hacer viajes interestelares, como la *Enterprise* de *Star Trek*.

Klaus cerró esta última frase señalando lleno de orgullo el dibujo de su camiseta.

—Eres un apasionado que confunde la ciencia ficción con la realidad —lo piqué.

—No pongas límites a lo que el ser humano es capaz de crear —declaró solemne—. Si te fijas, a lo largo de la historia, todo aquello que la humanidad ha soñado se ha ido consiguiendo. Seguro que para los contemporáneos de Julio Verne, cuando escribió en 1865 *De la Tierra a la Luna*, la idea de viajar al espacio era una locura. Pero el 21 de julio de 1969 a las 2.59 hora internacional, el comandante Amstrong se convertía en el primer humano en pisar nuestro satélite.

—Muchos dudan de que eso sucediera de verdad —lo interrumpí—, piensan que fue un montaje. Dicen que no se explica que no hayamos vuelto a la Luna desde entonces, teniendo una tecnología infinitamente superior.

—Eso son rumores falsos que se han esparcido como la espuma. El programa Apolo realizó más de un alunizaje tripulado. Búscalo en la web de la NASA y los podrás ver. Todos, menos el Apolo 12, fueron en los años setenta. Pero, dejando de lado la Luna, éste no es el único ejemplo de la influencia que ha tenido la ciencia ficción en la realidad. ¿Conoces la historia de Martin Cooper?

Negué con la cabeza, apabullada ante aquella avalancha de información.

—Martin era fan de *Star Trek*. En un episodio, vio cómo el capitán Kirk se comunicaba con su nave, el *Enterprise*, a través de un aparato inalámbrico. Al ver aquella escena, Cooper se levantó de la silla y exclamó: «Yo quiero construir uno de esos». En 1973, en el departamento de comunicaciones de Motorola, este hombre realizaba la primera llamada en público desde el dispositivo que acababa de crear: el teléfono móvil.

—¡Guau!... ¡No tenía ni idea! —confesé admirada.

Conversar con aquel chico era fácil y apasionante. Sin embargo, a medida que el vino hacía mella en mí, empecé a pensar en Alessio contra mi voluntad y me acaloré.

El joven alemán prosiguió, ajeno a mis cábalas:

—No tengo ninguna duda de que, en la ciencia, lo mejor está por llegar. Vamos a construir máquinas a escala atómica que revolucionarán la medicina. Lograremos generar fuentes de energía limpia y casi ilimitada como el proyecto ITER, que trabaja con la fusión nuclear, en lugar de la fisión actual. En vez de separar los átomos violentamente, vamos a fusionarlos, a crear pequeños soles en la Tierra. Se logrará suministrar energía a la red eléctrica entre el 2030 y el 2040 —la verborrea de Klaus parecía no tener fin—. Por otro lado tenemos las computadoras cuánticas con su brutal capacidad de cálculo. Una sola de esas máquinas podrá procesar más información que todas las computadoras del mundo trabajando en paralelo.

—Suena fantástico, pero también da miedo —reflexioné conteniendo un bostezo—. Me pregunto cómo usaremos todo ese conocimiento y tecnología. La ciencia puede hacernos avanzar, pero también llevarnos a la autodestrucción.

Emocionado con la culminación de su propio discurso, Klaus me pasó el brazo por el hombro mientras concluía:

—Yo soy optimista respecto a este tema. ¡Ojalá viviera un siglo entero para ver el futuro alucinante que nos espera! Estoy seguro de que será alucinante. Tal y como afirma Arthur C. Clarke en su tercera ley: «Cualquier tecnología lo suficientemente avanzada es indistinguible de la magia». Mientras llegan todas esas maravillas —sus ojos azules se clavaron en los míos—, la verdad es que tú no estás nada mal.

Fingí que no había agarrado aquella «directa» y, tras llenar el vaso del alemán, me deslicé discretamente hacia mi cama, sin importarme que la fiesta siguiera su curso. Antes de esconderme bajo las sábanas, me despedí:

—Buenas noches, chicos, creo que la física no notará mi ausencia por unas horas.

7. CUANDO EL AZUL SE GASTA

Desperté antes de la salida del sol.

Había pasado la noche viajando en una imponente nave estelar que se propulsaba con motores de antimateria. En mi sueño, Angie desarrollaba una teoría con la que conseguía avanzar varios siglos la tecnología actual. Sin embargo, los militares querían utilizarla para crear bombas y, por supuesto, exigían disponer sólo ellos de aquel secreto.

En este punto empezaba la pesadilla. Alessio se había convertido en el comandante de las fuerzas armadas que ordenaba nuestra captura.

Nos pasamos toda la noche huyendo de soldados que querían apresarnos. Justo en el momento en que Chantal nos delataba con los militares, aparecían aquel apuesto guía del CERN y Klaus. Ambos formaban parte de la resistencia, igual que nosotras, y nos ayudaban a escapar de las fauces de los soldados en una nave llamada *Arcadia*.

A pesar de que aquel sueño era extravagante, estaba bañado de una triste realidad. También en mis pesadillas yo era la única que no entendía la mitad de las conversaciones, la que se quedaba al margen cuando se discutían temas científicos.

Me vestí en silencio, con la horrible sensación de ser la tonta del lugar. Estaba harta de sentirme tan poca cosa y de comerme el coco siempre de forma tan negativa.

Tras ponerme el uniforme, me miré en el espejo. Era un traje espantoso, compuesto por una camisa color crema y unos pantalones negros que me hacían más desgarbada de lo que ya era. De no ser por mi media melena, cualquiera me confundiría con un chico. Aquel pensamiento me hundió un poco más en la miseria.

Cuando salí de la residencia no había amanecido. El Restaurante 1 todavía estaba cerrado, así que decidí dar un paseo por las desiertas calles del CERN.

El fresco de la mañana me sentó bien. Mi mente se fue despejando y, poco a poco, se disipó la mala onda con que me había despertado.

Mientras paseaba, me fijé en que cada una de las calles de aquel desordenado complejo llevaba el nombre de un científico. En esos momentos recorría la Route Schrödinger hasta el cruce con la Rue Perrin.

El primero me resultaba conocido, porque Angie lo nombraba cada dos por tres. Me había explicado que Erwin Schrödinger fue uno de los padres de la mecánica cuántica. Había desarrollado una ecuación que lleva su nombre y por la que ganó el Nobel en 1933. También propuso el experimento mental del famoso «gato de Schrödinger» para explicar las paradojas de la física cuántica.

Había anotado en mi libreta aquella historia sobre un gato que podía estar vivo y muerto a la vez. ¡Eso sí era extravagante!

Sin embargo, lo que más me había sorprendido de ese físico no eran ni su ecuación ni la paradoja de aquel gato fantasma. Por lo visto, estaba tan interesado por las mujeres como por la mecánica cuántica.

Según parece, no desarrolló la ecuación por la que le concedieron el Nobel en un laboratorio aburrido y subterráneo, sino en un romántico hotel de los Alpes suizos que frecuentaba con distintas amantes. Sucedió después de pasar unas apasionadas vacaciones navideñas con una hermosa joven —o dos, afirman algunos.

Schrödinger, que estaba casado, sabía lo que era estar en dos sitios a la vez... como las partículas.

Quién sabe, pensé, quizá yo también podría convertirme en la musa inspiradora de un atractivo científico que desarrollaría una ecuación revolucionaria gracias a mis caricias. Tal vez estos físicos no eran tan aburridos como suponía antes de llegar al CERN...

Mi estado de ánimo acababa de dar un giro de ciento ochenta grados. Por primera vez me sentía feliz de estar en aquel lugar privilegiado.

Inspiré hondo como si pudiera absorber la energía de nuestra gran estrella, que empezaba a mostrarse tímidamente en el horizonte. Siempre me había gustado madrugar, la sensación de estar robándole tiempo a la jornada. Para mí era jugar con ventaja, mientras el resto del mundo seguía dormido. Tal y como decía un intelectual irlandés del siglo XIX: «Pierde una hora por la mañana y la estarás buscando todo el día».

Cerré los ojos para disfrutar del calor que me regalaban los primeros rayos del sol.

Al oír unos pasos acercarse por detrás, me volví sobresaltada.

—Perdona, no pretendía asustarte.

Era el chico que había hecho de guía la tarde anterior y que, por la noche, en mi sueño, me había salvado de los malvados militares. Por unos instantes, envuelta en la magia del amanecer, no supe distinguir cuál de los dos personajes paseaba en la vigilia.

—Buenos días —lo saludé, sentada en el borde de la acera—. Me gusta mucho el color rojizo del cielo, justo antes del amanecer.

—Es por la dispersión Rayleigh —dijo con la mirada perdida en el cielo, a través de sus lentes de montura antigua.

—¿Cómo dices?

—Cuando la luz del sol atraviesa la atmósfera de forma vertical, afecta a una longitud de onda que nosotros identificamos con el color azul. Pero durante el amanecer y, sobre todo, en las puestas de sol, los rayos horizontales de nuestra estrella tienen que atravesar una zona mucho más amplia de la atmósfera. Por eso la luz que consigue llegar hasta nosotros tiene una longitud de onda más grande, que corresponde al color rojo. ¿Lo entiendes?

—Parece complicado, pero creo que sí… Entonces, ¿la puesta de sol es rojiza porque el azul se ha gastado?

—Es una manera de decirlo —rio—, aunque planteado así no suena muy romántico, ¿verdad? Por cierto, ayer llegaste cuando ya nos habíamos presentado. Me llamo Brian.

Le tendí la mano y, tras decirle mi nombre, añadí:

—También te gusta madrugar, por lo que veo.

—No creo que lo mío pueda llamarse madrugar… todavía no me he acostado. He pasado la noche trabajando en un proyecto de investigación que me trae de cabeza. Es algo aparte del trabajo que hago aquí, en el CERN, así que debo volver al despacho en una hora.

—¡Vaya! —exclamé con repentina simpatía hacia él—. Tanta dedicación merece un *cappuccino* con *espresso* doble. Invita la casa. Cuenta con ello si pasas luego por el Restaurante 1.

—Muchas gracias —sonrió visiblemente cansado—. Probablemente abusaré de tu amabilidad y aceptaré tu invitación.

Nos quedamos en silencio durante unos segundos. Me gustaba aquella pequeña intimidad que se había instalado entre nosotros. El sol ya asomaba completamente fuera del horizonte y el azul empezaba a ganarle la batalla al rojo.

—Debo marcharme. Si llego tarde, mi jefe me corre —dije mientras me levantaba—. ¡Nos vemos luego!

Deshice mis pasos en dirección al restaurante mientras sentía, como si tuviera dos ojos invisibles en la nuca, la mirada de Brian al alejarme.

$$\lambda^2 = \frac{h^2}{2mE_c}$$

8. ¡TRES QUARKS POR MUSTER MARK!

La placidez con que había empezado el día no duró mucho. Aquella mañana la cafetería estaba a reventar. Había unas importantes conferencias en el auditorio principal, que estaba en el mismo complejo del Restaurante 1. Durante las pausas, llegaba un aluvión de estudiantes e investigadores con una ferviente necesidad de cafeína.

Había visto a Alessio entrar en el comedor, pero debió verme saturada de trabajo, ya que se marchó poco más tarde.

Brian no había aparecido en busca de su «café recompensa» por su entrega a la ciencia con nocturnidad.

El almuerzo fue tan caótico como el resto de la mañana. Aquel día conseguí superar mi récord personal de platos rotos por hora. Y lo peor era que el mal humor de los meseros del turno de comidas era altamente contagioso. Aun así, me hice el propósito de no dejarme alcanzar por la epidemia y seguí tratando con amabilidad a los comensales.

Me inspiré en Marc, el incombustible mesero del Nécora, la cafetería de mi preparatoria en Sevilla. Tronara o nevara, nunca le faltaba la sonrisa al atender a su bulliciosa clientela. Una tarde que canturreaba mientras recogía las mesas le pregunté cómo diablos podía estar siempre de buen humor. Me contó su teoría secreta: si atendía, por ejemplo, a uno de los profesores con amabilidad, cuando éste llegara al aula sonreiría a sus estudiantes y estos a su vez seguirían la cadena, haciendo de este mundo un lugar más feliz y amable.

La siguiente víctima de mi virus de amabilidad contagiosa fue, casualmente, el mismo abuelito que me había acompañado en el autobús a mi llegada al aeropuerto de Ginebra. Sonreírle a él iba a ser fácil.

Al verme, hizo una simpática mueca y me guiñó un ojo mientras me decía:

—¿Qué tal está mi joven geniecillo? ¿Se porta bien contigo esta fauna de científicos locos?

—De momento logro mantenerlos a ralla —bromeé.

—Yo soy demasiado viejo para que me sorprendan… pero intuyo por tus palabras que más de un doctorante ha intentado impresionarte.

Cavilé unos instantes antes de decirle:

—Supongo que es inevitable sentirse tonta cuando tu compañera de habitación es una lumbrera y todos sus amigos charlan sobre cosas que soy incapaz de entender. Cuando hablan conmigo parece que se dirijan a una niña de parvulario. ¡Incluso pronuncian las palabras más despacio! Pero imagino que usted sabe de lo que hablo, si ha tenido que trabajar también en el CERN.

—Más o menos… Pero no dejes que te confundan. Detrás de todas esas palabras incompresibles se esconden personas con un bajo concepto de sí mismas. Para muchos la ciencia es una armadura que los protege de un mundo de emociones que no comprenden. En estos casos sólo pueden ser salvados por una princesa sabia, como tú.

—Entonces andaré con cuidado —repuse agradecida por aquellas palabras— para distinguir al caballero que merezca ser salvado.

Pensé en la historia de *El caballero de la armadura oxidada*, cuyo protagonista de tanto librar batallas y correr de un lado para otro ya no se puede quitar la armadura. Incapaz de disfrutar de los besos y caricias de su familia, para liberarse de la coraza que se ha adherido a su cuerpo, debe superar duras pruebas a través de siete castillos hasta perder las distintas partes de la armadura que le atenaza los sentimientos.

Mientras recordaba esta fábula, serví al entrañable anciano un *cappuccino* hecho con todo mi cuidado.

Estaba tan distraída evocando las hazañas del caballero de la armadura oxidada que casi no vi a Brian, que me saludaba desde una mesa al lado del jardín. Vestía una camisa de franela y tenía el pelo rubio encrespado, como si llevara rato estrujándose los sesos.

—Visto que te codeas con la élite —me dijo al acercarme—, ya pensaba que no vendrías a ofrecerme el café que me has prometido esta mañana.

—No te entiendo...

—¿Acaso no sabes quién es? —dijo señalando al anciano, que sorbía su *cappuccino* mientras leía el periódico.

—¿Te refieres a Murray? Creo que es un antiguo empleado del CERN. Ya debe de estar jubilado.

—¡Es increíble! Has tenido la oportunidad de hablar con un premio Nobel y la desperdicias conversando sobre cualquier tontería.

Murray Gell-Mann es uno de los científicos más geniales de nuestro tiempo —su expresión mudó del asombro a la indignación—. Seguro que si entrara Justin Bieber en la cafetería lo reconocerías al instante. Es triste que la sociedad preste tanta atención a famosos que no han aportado más que entretenimiento. En cambio, casi nadie reconoce a las personas que dejan huella en el mundo.

Aquel idiota acababa de volcar sobre mí una cubeta de agua helada. Sus palabras me atravesaron como una lanza ponzoñosa, cuyo veneno me iba paralizando el cuerpo. En sólo unos segundos, había destrozado la poca autoestima que acababa de atesorar en mi frágil torre de cristal.

Tuve que hacer un gran esfuerzo para no romper a llorar allí mismo, así que preferí no contestarle. Sabía que si hablaba en aquel momento, la ira saldría en forma de lágrimas y le daría aún más motivos para pensar que era una niña boba.

Simplemente me alejé de la mesa arrastrando mi alma por las impolutas baldosas de la cafetería.

Brian me siguió azorado y me adelantó hasta bloquearme el paso. Me di cuenta de lo alto que era.

—Perdóname, he sido un idiota. No pretendía atacarte. Hablaba en general. Te he hecho daño y ésa no era mi intención, discúlpame.

—En algo estoy de acuerdo contigo: ¡eres un idiota! Estoy hasta el gorro de que todo el mundo me trate como si fuera retrasada porque no tengo ni idea de cómo se resuelve la ecuación de Schrödinger, porque no sé lo que es el bosón de Higgs ni esas dichosas roturas de simetría. Pero ¿sabes qué? Que me importa un comino. No quiero parecerme a ustedes, que tienen la inteligencia emocional de un niño de cuatro años.

Brian me limpió una lágrima traidora con su mano, que era suave y tibia.

«Maldita sea —me dije haciendo de tripas corazón—, si ahora lloro, quedaré como una tonta de remate».

—No pienso que seas una retrasada —dijo afectado por aquella escena—. Todo lo contrario. Ni siquiera has empezado la universidad y ya usas los términos de un físico. Aunque, por lo que has dicho, no sé si eso es un cumplido…

«Fantástico, ahora piensa que soy una bebé».

—Te propongo un trato —prosiguió —. Si te apetece, te ayudaré a entender lo que los científicos investigamos aquí con unas sesiones que prometo que serán divertidas. A cambio, tú me ayudarás a mejorar mi inteligencia emocional.

—No es necesario. Estás perdonado. Además, he pensado en hacer el curso para ser guía oficial del CERN —añadí un poco punzante—, así que ya se encargarán otros de hacer el trabajo sucio.

—Yo soy quien da esos cursos —sonrió—. De modo que espero verte en clase. Son todos los miércoles por la tarde.

—Los miércoles por la tarde… me será imposible. Tengo el segundo turno precisamente ese día.

Brian sacó un papel arrugado de sus jeans y me lo ofreció:

—Entonces mi oferta sigue en pie. Si quieres, podemos empezar este mismo jueves por la noche. En el cine universitario de Ginebra, proyectan a las ocho un documental sobre el último sueño de Einstein: la teoría unificada. Puedo recogerte en coche y vamos juntos.

No sabía si me estaba proponiendo una cita o si simplemente quería limpiar su conciencia. Me sorprendí deseando que el motivo de aquella invitación fuera el primero.

Doblé en cuatro el programa y lo guardé en el bolsillo de mi feo chaleco de trabajo. Luego me limité a decir:

—Lo pensaré.

En ese instante alguien me pasó el brazo por los hombros. Alessio, con todo el descaro del mundo, me estampó un sonoro beso en la mejilla. Me hablaba como si Brian fuera invisible.

—¿Qué tal ha ido el día, *bambina*?

Me zafé al instante de su brazo, mientras el guía se despedía con un gesto de cabeza. En cuanto se alejó lo suficiente, le dije al suizo:

—No soy ninguna *bambina*. ¿Se puede saber a qué venía esto?

—Vamos, deberías agradecérmelo. Te estoy quitando de encima a los moscardones. Tú y yo no somos como estos cazafantasmas que se pasan el día buscando cosas invisibles.

—Muchas gracias —respondí irritada—, pero no necesito que vengas a rescatarme.

—No estoy seguro de eso…

—Por cierto, ¿tú sabes quien es Gell-Mann?

Aquella podía ser la prueba de que ambos vivíamos en el mismo mundo de ignorantes.

—¡Por supuesto! —exclamó Alessio para mi sorpresa—. Fue un físico que teorizó sobre los quarks, las partículas más pequeñas que se conocen. De hecho, fue Gell-Mann quien las bautizo como *quarks*, un nombre curioso. Hay una buena anécdota sobre eso…

—Ilústrame —le pedí resignada.

—Encontró esta palabreja en una novela incomprensible de James Joyce titulada *Finnegans Wake*. El pasaje decía algo así como:

*«Three quarks for Muster Mark! Sure he has not got much of a bark. And sure any he has it's all beside the mark».**

Una vez más, sentí que era la única ignorante del recinto. Como si me hubiera leído el pensamiento, Alessio me tomó de la mano y cambió de tema:

—Dejando de lado los quarks, venía a decirte que este jueves por la noche hay un concierto de jazz en Paquís, un barrio de Ginebra. Me gustaría ir contigo.

—¿El jueves por la noche?

Desvié la mirada hacia Brian, que parecía absorto en sus cálculos sentado en la terraza del restaurante. Justo entonces me decidí:

—El jueves por la noche no puedo. Tengo una cita.

—¿Una cita? —repitió contrariado—. No sé qué cita puedes tener en este lugar tan aburrido… como no sea ir a ver un Superkamiokande.

—¿Un qué? ¿Es una atracción para dar vueltas de campana o algo así?

—Búscalo en Wikipedia, *bambina*.

Acto seguido se marchó como si nada.

«Debería aprender a blindarme como Alessio —pensé—. A éste no hay quien le derribe la autoestima».

Salí a la terraza a recoger las tazas de café abandonadas. Brian seguía concentrado en sus papeles. Un golpe de viento le devolvió de nuevo a la Tierra, ya que sus hojas se habían desperdigado por el suelo.

---

* ¡Tres quarks por Muster Mark! No tiene mucho carácter, y el poco que tiene no lo usa! (Nota: *Finnegans Wake* está considerada una de las novelas más crípticas e incomprensibles de la historia de la literatura.)

Dejé mi bandeja y le ayudé a recogerlas.

—Muchas gracias, Laila.

No esperaba que recordara mi nombre. Me gustó aquel detalle.

—El jueves estoy libre, acepto tu trato —dije—. ¿Me pasas a recoger a las 7:30 a la residencia?

9. COLAPSO DE CITAS

—Quiero que mañana estés deslumbrante —dijo Angie en su tumbona de la piscina—. El bronceado te quedará de maravilla.

Como los miércoles yo hacía el turno de la tarde, habíamos aprovechado para ir a la piscina más cercana. Pertenecía a un complejo deportivo al otro lado del control de seguridad del CERN.

Aquella mañana, Angie se había saltado las clases para hacerme una manicura francesa en nuestro cuarto. Al saber que había quedado con un chico para ir al cine se puso a jugar conmigo como si fuera una muñeca.

Interpretando el papel de hermana mayor, había escogido para mí uno de sus vestidos más sexy. Era negro y ajustado, con escote por delante y por detrás, y tan corto que era aconsejable llevarlo con ropa interior oscura, en palabras de Angie.

Dudaba que me atreviera a ponérmelo. Era precioso, pero yo no tenía voluptuosas curvas que realzar. Con un tipo más cercano a la tabla de planchar, corría el riesgo de que me quedara grande de pecho y estrecho de cintura.

—En cuanto estés bronceada, iremos al sauna —dictó mi compañera con autoridad—. Sudar un rato te limpiará los poros. ¡Tienes que lucir un cutis radiante!

—Por el amor de Dios, Angie, ya te dije que ni siquiera es una cita. Brian sólo intenta compensar su metedura de pata. Además, pensaba que estabas en desacuerdo conmigo por haber escogido su oferta en vez de ir con Alessio al concierto de jazz.

—¡Por supuesto que escogiste mal! ¿A quién se le ocurre decirle que no a un bombón para acompañar a un plomazo a ver un documental de física? —bramó—. Pero eso no quita que este Brian no tenga que quedarse babeando por ti… Si acudes a la cita como una princesa, le dolerá más cuando lo mandes a volar.

Boca abajo en mi tumbona, mientras escuchaba a Angie trataba de relajarme arrancando briznas de hierba.

—En cualquier caso, has hecho bien diciéndole que no a Alessio en esta primera cita —continuó—. Es bueno que lo hagas sufrir un poco. Si cree que eres demasiado fácil e inocente, enseguida perderá el interés por ti. Hazte la dura, te valorará más, aunque dudo que sea lo suficiente listo como para ver lo que vales. Ése es un mal común en todos los hombres.

La tela impermeable de la tumbona crujió cuando me giré para ver mejor a mi compañera de habitación. Estaba claro que tenía algún problema con el género masculino. Supuse que la relación con su padre le había afectado negativamente.

Angie se había quitado la parte de arriba del bikini. Un grupo de chicos de nuestra edad, a tres escasos metros de nosotras, le echaban unas repasadas de cuidado. Ni siquiera se molestaban en disimular. Fumaban tabaco de liar y, desafortunadamente, el humo llegaba hasta nosotras. Nunca me ha gustado el olor de esos cigarrillos.

Por la desenvoltura con la que conversaban levantando la voz, imaginé que eran trabajadores de la construcción en alguna obra cercana.

Uno de ellos, musculoso como un culturista, parecía dispuesto a levantarse para hablar con Angie, pero el peligro llegó del otro lado del recinto.

El socorrista, un tipo de unos treinta y pocos años, se acercó a nosotras y nos informó:

—Disculpen, pero está prohibido hacer *topless* en la piscina.

—Ya lo sé —contestó Angelina con descaro—. Lo he visto en los carteles, pero me parece una norma estúpida.

La expresión del socorrista pasó del desconcierto al enfado. Seguramente era de los pocos que no sucumbía a los encantos de Angie.

—Si no te pones la parte de arriba del bikini tendré que pedirte que salgas de las instalaciones, lo siento.

—Angie —le supliqué—, hazle caso… porfa.

—Está bien —refunfuñó mientras se abrochaba el sujetador—. Pero deberían hacer una encuesta entre los usuarios de esta piscina. Estoy convencida de que la mayoría están a favor de que se cambien las normas.

Esta última frase la dijo en un tono lo bastante alto para que el grupo de jóvenes la oyera y soltaran alguna bobada en francés al socorrista, que se marchó de mal humor.

—Me sacan de quicio los reprimidos —despotricó Angie en voz baja—. Deberías haberte solidarizado conmigo y quitarte la parte de arriba tú también. Además, te van a quedar unas marcas blancas horribles. Mañana te arrepentirás.

—Pero ¡qué dices, Angie! ¿Estás loca? —exclamé asustada—. Nadie va a ver mis marcas del bikini.

—Bueno, ya conoces esta ley: sólo la chica sabe cómo acabará una cita romántica, porque decide de antemano hasta dónde quiere llegar. Y veo que tú ya has elegido aburrirte —me picó—. Voy a buscar algo de beber.

Ignorando aquella provocación, cerré los ojos mientras sentía la calidez de los rayos de sol en mi cuerpo y me sumía en mis pensamientos.

Me estaba emocionando con tanto preparativo, aunque lo del día siguiente era más una clase particular que una cita. Hacía más de un año que ningún chico me invitaba a salir. A mis compañeros de preparatoria no les atraía especialmente, o al menos no hacían grandes intentos por acercarse a mí de ese modo. Además de no gozar de un cuerpo espectacular como el de Angie, tenía asumido que sacar buenas notas rebajaba mi popularidad. Tampoco me lamentaba por ello, ya que entre mis compañeros de curso no había nadie que me pareciera interesante.

Angie llegó con dos mojitos y unas papas fritas.

—Es curioso —le confesé—. Hace siglos que nadie me invita a salir y ayer dos chicos distintos me citan para la misma noche. ¡También es mala suerte!

—Has colapsado todas las posibilidades en un mismo día.

—Angie, a ti te gusta hablar raro, ¿verdad?

—Me refiero al principio de superposición.

—Ah, claro… —bromeé—. Eso lo explica todo.

—En serio, escucha —empezó mientras le daba un trago a su mojito—. En física cuántica, el principio de superposición dice que todo aquello que es posible está sucediendo simultáneamente. La realidad no está definida, sino que es un entresijo de distintas posibilidades. Por decirlo de algún modo, son como múltiples realidades en potencia. Es cuando tú decides observarlas que una de ellas se define como realidad. A este acto de observar o medir se le llama *colapso de la función de onda*.

—Pues mucho gusto —le contesté sin entender qué pretendía explicarme.

—Es uno de los principios más asombrosos de la mecánica cuántica. La mejor manera de entenderlo es con el experimento de la doble rendija. Saca esa libreta que siempre llevas contigo y apunta.

Le hice caso y anoté la explicación de este singular experimento. En él se disparan, como si se tratara de una metralleta, electrones hacia una pared con dos rendijas. Al tratarse del mundo microscópico, territorio de la física cuántica, los electrones actuaban de un modo que a mí me pareció pura magia. En lugar de pasar por una de las dos rendijas, pasaban por las dos a la vez. Ambas posibilidades, pasar por la izquierda y por la derecha, sucedían al mismo tiempo. ¡Alucinante! Sin embargo, en el momento en el que los científicos quisieron observar cómo diablos los electrones podían pasar por dos lugares al mismo tiempo… sucedió algo increíble. Los electrones de repente decidieron pasar tan sólo por una de las dos rendijas. Es lo que se llama colapso de posibilidades. Así es como se supo que, en el universo cuántico, el observador condiciona lo observado.

Angie completó la explicación en mi libreta con algunos dibujos que ilustraban el experimento.

—En definitiva —terminó mi compañera— y volviendo a lo que importa: potencialmente estos dos chicos te estaban pidiendo una cita al mismo tiempo. Pero sólo cuando has decidido prestarles atención ellos han *colapsado* la realidad y te han pedido que salgas con ellos y encima el mismo día.

—Qué haría sin ti, Angie... —me reí—. ¡Ahora lo entiendo todo!

—Yo lo que sigo sin entender es por qué prefieres ver un aburrido largometraje con ese científico en lugar de ir al concierto con el bombón.

—Bueno, Brian me lo pidió primero.

—Tú sabrás... ¿Vamos al sauna?

Tras apurar nuestros mojitos, nos fuimos directo al sauna que se encontraba junto a los vestidores.

Dentro había tres ancianitas que nos saludaron amablemente en francés. Nos hicieron sitio enseguida y nos tumbamos sobre la madera para que el calor depurara nuestro cuerpo. Angie había diseñado todo un circuito de belleza para mí que incluía mascarillas para el pelo y cremas para exfoliarnos la piel.

—¿Cómo es Brian? —prosiguió mi incansable compañera—. Ya vi al suizo y he podido apreciar que el tipo es guapo.

—Para mi gusto, Alessio es un poco demasiado seguro de sí mismo.

—Eso no es malo —puntualizó ella.

—Lo sé. Debo reconocer que es divertido. Siempre tiene algo que contar. Es cierto que es más guapo que Brian y sabe cómo tratar a las chicas. Está flirteando todo el rato. Cuando me visita en el restaurante, a veces consigue que mi corazón se vuelva loco.

—Eso es buena señal. ¡Significa que te gusta!

—Por su parte, Brian no sabe vestir y mete la pata con facilidad. No es muy ligón, que digamos —en ese momento me entraron todas las dudas—. De hecho, ni siquiera estoy segura de gustarle.

—Si no le gustaras, no te habría invitado mañana a esa pesadez de documental —sentenció.

—¡Quién sabe! Tal vez sólo esté enamorado de los cálculos de Einstein.

—Ni cálculos ni nada. Ponle un par de tetas a tiro y a ese pájaro se le borran los números de la cabeza de un plumazo.

—Me parece que no es de esos, Angie... Dudo incluso que me haya citado porque le parezca atractiva. Creo que simplemente es un buen chico. Me ha visto más perdida que un pulpo en un garage y quiere iniciarme en la física.

—¡Sí, cómo no! Mañana por la noche no le interesará más físico que el tuyo, hazme caso. ¿Cómo puedes ser tan ingenua?

Por unos instantes, llegué a pensar que había sido un error no tomar el sol en *top less*, como Angie. Las palabras de mi amiga me demostraban que no tenía nada claro cuál podía ser el final de la noche.

—Pase lo que pase mañana, tómatelo como una aventura puntual. Hazme caso: no te conviene enamorarte de un científico. A largo plazo, lo único que les importa son sus investigaciones. Se dejan absorber tanto por el trabajo que acaban siendo una lata. Sé de lo que hablo, Laila. No quiero que te pase como a mi madre. Ella era una apasionada de la vida y al lado de mi padre fue muy infeliz. Por eso se largó a la India. Puedo imaginar la tortura que era vivir bajo el mundo hermético de mi padre. Las matemáticas y la física explican la realidad sólo hasta cierto punto, pero estas dos disciplinas no bastan para aprender a vivir, comprenderse a uno mismo y ser feliz.

Siempre que salía el tema de sus padres, Angie se ponía del bando de su madre. Yo no estaba tan segura de que fuera objetiva cuando juzgaba al autor de sus días.

Cansada de hablar de su familia, cerró así el tema que nos había tenido en danza toda la mañana:

—Para lo que necesitas saber de la vida, Alessio te puede enseñar más que el propio Einstein.

10. EL DOBLE DE NÚMEROS
QUE DE NÚMEROS

Podía sentir las mariposas revoloteando como locas en mi estómago. Cerré los ojos y respiré profundamente. Quería analizar racionalmente mi reacción. No podía estar tan nerviosa únicamente porque me gustaba aquel chico. ¡Si casi ni lo conocía! Quizá simplemente fuera que, por primera vez en muchísimo tiempo, alguien me había invitado a salir.

«Cálmate, Laila —me dije—, no es una cita romántica».

Al abrir los ojos, me vi en el espejo enfundada en el vestido de Angie. Debía reconocer que había hecho un buen trabajo conmigo. Gracias al relleno de aquel sujetador, no me quedaba holgado de pecho. Las medias oscuras daban un toque elegante a mis piernas. Me preocupaba regresar a la residencia con una rasgadura en ellas, ya que no estaba acostumbrada a llevarlas. Aunque el mayor de los retos era conseguir no romperme la crisma con aquellos zapatos negros de tacón. Ella había insistido en prestármelos bajo amenaza de retirarme la palabra dos semanas si no me los ponía.

Volví a sentir los nervios hurgando en mi barriga, justo mientras mi compañera de cuarto me hacía un precioso recogido de pelo. Yo me había negado rotundamente a que me aplicara maquillaje, pero sólo había conseguido que fuera discreto.

Miré impaciente el reloj. Sólo pasaban tres minutos de la hora y ya me sentía culpable. Angie había insistido en que debía llegar unos cinco minutos tarde para hacerme valer.

Casi atropellé a Arthur al bajar precipitadamente por las escaleras de la residencia.

—¿Adónde vas con tanta prisa...? —preguntó—. ¿Y tan guapa?

«Maldición», pensé, «me veo demasiado arreglada. Mataré a Angie».

—A ningún sitio especial. Voy a una clase de física. ¿Y tú?

—Sí, claro, una clase... Pues yo he quedado con Angie para repasar el temario de mañana.

—Sí, claro —le devolví la puñalada y enrojeció—. ¡Qué se diviertan con el repaso!

—Ídem con tu clase...

Bajé el resto de escalones haciendo malabarismos con los puntiagudos tacones de aquellos malditos zapatos. Estuve a punto de ir al suelo un par de veces.

Frente a la salida del bloque encontré a Brian, apoyado contra un antiguo Volkswagen. Llevaba los mismos jeans desgastados que el día anterior y otra camiseta vieja.

Estaba claro que había cometido un grave error vistiéndome tan sexy. Me quedé petrificada sin saber qué hacer.

Justo entonces levantó la vista hacia mí. Por un segundo su cara reflejó sorpresa y sus ojos, tras aquellos horribles lentes, se abrieron levemente mostrando admiración. Luego desvió su mirada al suelo y su expresión adquirió una estudiada máscara de indiferencia.

Quizá yo lo había imaginado todo.

—¿Preparada? Hoy vamos a adentrarnos en los últimos pensamientos de Albert Einstein.

—Muchas gracias por pasar a recogerme, Brian —dije muerta de vergüenza—, y por llevarme a ese documental de física. Es muy amable por tu parte.

Me pregunté si podría notar la tristeza en mi tono de voz. Había esperado como una tonta algún comentario suyo sobre el vestido o sobre lo guapa que me había puesto aquella noche.

—De nada, Laila. La divulgación es lo que más me gusta.

Para mi asombro, estaba visiblemente animado con aquel plan.

Me abrí yo misma la puerta para ocupar el asiento del copiloto. No pude evitar imaginar cómo habría reaccionado Alessio. Seguro que, después de una avalancha de piropos, me habría acompañado hasta mi asiento antes de dar la vuelta y ponerse al volante.

Nunca me han gustado ese tipo de cortesías, pero... ¡diablos! De repente descubrí que me habría gustado que él lo hiciera. ¿Me estaría volviendo una cursi?

Preferí continuar la conversación antes de seguir pensando estupideces.

—Pues a mí me gusta mucho aprender. Te agradezco un montón el detalle, Brian. En este lugar lleno de lumbreras me quedan un número infinito de cosas por saber.

—Eso te ocurrirá siempre. Aunque fueras un premio Nobel, continuarías teniendo la sensación de no saber nada. Por muchas cosas que se sepan, siempre habrá un número mayor de cosas por conocer. ¿Sabes?, eso me recuerda una anécdota de un libro muy divertido sobre Feynman: *¿Qué te importa lo que piensen?* Tal vez lo conoces...

Negué con la cabeza y mi instructor empezó la narración:

—Al parecer, Feynman le dijo en una ocasión a un niño de ocho años: «¿Sabías que hay el doble de números que números?».

Al pequeño aquello le pareció absurdo, así que respondió: «No, no los hay».

«Sí, sí que los hay, y te lo voy a demostrar. Di un número».

El niño eligió un número grande para empezar:

«Un millón».

«Dos millones», respondió el profesor.

El pequeño le dijo cuatro números más, y Feynman siempre le respondía con el doble del número escogido por su interlocutor. Este niño, que se llamaba Henry Bethe y terminaría siendo premio Nobel, de repente entendió y desafió a Feynman:

«Ya veo. Entonces también hay tres veces más números que números».

«Demuéstralo», lo retó el profesor tras darle una cifra. Bethe le contestó con otra tres veces mayor.

«Así pues, ¿hay un número mayor que los demás?», preguntó Feynman.

«No —replicó Henry—. Para cada número hay uno dos veces mayor y otro tres veces mayor. Incluso hay otro que es un millón de veces más grande».

«¡Exactamente! Y esa idea de crecimiento sin límite, de que no hay un número más grande que todos, se llama infinito».

Estábamos entrando en Ginebra cuando terminó de contar aquella anécdota. Yo lo escuchaba fascinada. Cuando Brian hablaba, tenía la fabulosa capacidad de hipnotizarme. Me había concentrado tanto en lo que explicaba que llegué a olvidar mi vestidito, los peinados y el maquillaje con el que había intentado impresionarlo.

Simplemente disfrutaba de su compañía.

Nos estacionamos frente a lo que no era un cine convencional, sino un auditorio de la universidad de Ginebra donde se proyectaban películas alternativas o documentales, como era el caso.

Tras pagar las dos entradas, Brian me guió hasta la última fila. Por unos instantes me puse tensa. En la preparatoria, mi compañera de pupitre llamaba a esa «la fila la de los mancos» porque, según ella, es donde se sientan los que pretenden meterse mano o darse el plato completo...

—Tengo astigmatismo —Brian lanzó otro balde de agua fría señalándose los lentes—. Veo mucho mejor desde aquí atrás, si no te importa.

—Claro, claro —contesté decepcionada—. Tú mandas.

Antes de que se apagaran las luces, el acomodador nos dio un programa con información detallada sobre el documental, que llevaba por título *La sinfonía inacabada de Einstein*.

El largometraje narraba cómo Albert, pese a ser uno de los impulsores de la teoría cuántica, había acabado renegando de ella. Con sus descubrimientos había puesto los cimientos de la nueva física, pero no fue capaz de aceptar que la realidad era un cúmulo de probabilidades. De ahí su famosa frase «Dios no juega a los dados», a la que Niels Bohr, en una de sus conversaciones dignas de un choque entre titanes, le replicó: «Albert, no le digas a Dios lo que tiene que hacer».

Acababa de leer esta frase cuando se apagaron las luces.

Me acomodé en mi butaca. La oscuridad daba al ambiente una intimidad que hizo que mi corazón se acelerara. Al apoyarme en el reposabrazos pude sentir cómo nuestros brazos se tocaban suavemente. Me agradó la sensación, y él no hizo ningún movimiento para separarse.

Tuve que hacer verdaderos esfuerzos para concentrarme en la película. Empezaba narrando la vida del joven Albert Einstein como trabajador en una oficina de patentes, en Suiza.

Brian ladeó la cabeza para susurrarme al oído:

—Es extraordinario que Einstein publicara en 1905 cuatro trabajos que revolucionarían el mundo de la física. Ten en cuenta que no estaba en ningún centro de investigación ni daba clases en la universidad. Era un funcionario de segunda. Lo hizo todo él solo mientras trabajaba en una oficina de patentes. En el llamado «año milagroso» presentó su teoría especial de la relatividad y su famosa fórmula $E = mc^2$, que serviría para crear la bomba atómica. Al parecer envió sus trabajos a una revista científica para que los publicaran «si les quedaba espacio».

Me encantaba que me contara aquello. Por unos instantes, mi imaginación voló y me pude ver trabajando como mesera en el CERN y publicando unas investigaciones que cambiarían el mundo. Entonces Brian se sentiría orgulloso de mí y me invitaría a algo más que a ver un documental.

Sus palabras me devolvieron a la realidad.

—Ese año no sólo escribió sobre la teoría de la relatividad, sino también publicó su trabajo sobre el efecto fotoeléctrico. Gracias a eso él obtuvo el Nobel, y a nosotros se nos abren las puertas de los supermercados al pasar.

Antes de devolver su mirada a la pantalla, me dedicó una radiante sonrisa. Me pregunté si se debía a una pasión por divulgar o a que le gustaba su aplicada estudiante. Me limité a devolverle la sonrisa como agradecimiento.

Me costó concentrarme en el documental de nuevo. Imaginaba lo fácil que sería desplazar un poquito mi mano y ponerla sobre la suya. A saber cómo reaccionaría… No me atrevía a hacerlo, pero giré la mano de modo que él pudiera agarrarla con un leve movimiento.

El documental finalizaba con la muerte de Albert, el 18 de abril de 1955, en el Hospital de Princeton. Sus últimos años de vida los había dedicado a la búsqueda de una teoría unificada. Aspiraba a unir y resumir las leyes fundamentales de la física para comprender el cosmos entero, desde las inmensas estrellas hasta las partículas más pequeñas. Murió sin alcanzar su sueño.

Se encendieron las luces de la sala.

Tenía mi brazo totalmente agarrotado. Había mantenido una postura incómoda durante toda la proyección, y lo más triste era que no había conseguido mi objetivo.

Miré disimuladamente a Brian y descubrí, decepcionada, por qué en el último cuarto de la proyección no había añadido sus explicaciones al documental.

Se había quedado frito.

CERN.LAILA@GMAIL.COM

11. EL NUDO GORDIANO

—Y bien, ¿te ha gustado?

Brian forzó con aquel lugar común un inicio de conversación. Había estado callada desde nuestra salida del cine universitario. Mientras esperaba mi respuesta, el viejo VW Polo derrapó al tomar la última rotonda que dejaba Ginebra a nuestras espaldas.

—Mucho, es una pena que te perdieras el final.

No pude evitar teñir aquellas palabras con un leve tono de recriminación. No podía creerme que se hubiera quedado dormido en la fila de los mancos. Por mi cuerpo había corrido tanta adrenalina, ante la esperanza de que acariciara mi mano y algo más, que podría haber estado una semana entera sin pegar ojo.

—Discúlpame, Laila —dijo apenado—. Estoy hecho un profesor lamentable. Vaya ridículo: me propongo que te enamores de la ciencia y soy yo el que me duermo. No quiero que pienses que me ha aburrido el documental. De hecho, lo he visto más de una vez.

Observé su perfil, levemente iluminado por las luces de los comandos del coche. Tenía la mandíbula apretada. Quizá estuviera realmente disgustado por haberse quedado dormido. Una mezcla de inseguridad y vergüenza en su rostro despertó en mí un extraño sentimiento de protección.

Al mirarlo en aquel instante, me di cuenta de que Brian no era sólo un guapo divulgador que me hipnotizaba con sus explicaciones. Había algo más profundo que me unía a él. Sentí un fuerte deseo de atravesar la armadura oxidada de aquel científico reservado.

—No te preocupes —le dije recuperando mi buen humor—. ¿Has vuelto a trabajar toda la noche?

Desvió la mirada de la carretera y me miró un instante a los ojos. Parecía sorprendido por mi pregunta.

—Así es —suspiró—. Llevo cinco horas dormidas de cuarenta y ocho. Me he dejado absorber demasiado por uno de mis proyectos... ¿Cómo lo adivinaste?

—Mi compañera de habitación me advirtió que les suele pasar a los científicos. Les apasiona tanto su trabajo que llegan a olvidar todo lo demás.

—Dicho así, no creo que ella tenga muy buen concepto de los científicos.

Yo no compartía la opinión de Angie. Al contrario, me fascinaba que Brian tuviera tanta pasión y fuerza de voluntad para sumergirse días y noches en sus cálculos. Quise saber más.

—Y, ¿de qué va tu investigación? ¿Antimateria, el origen del universo... algo que ver con los quarks?

—¡De eso ni hablar! No pienso arruinarte aún más la noche con esa lata. Si empiezo a contarte mi trabajo serás tú la que te quedes dormida.

Reímos los dos.

En ese momento llegamos a la residencia del CERN. No quería que la velada terminara allí. Y empezaba a saber el mejor modo de retenerlo.

—Hay algunos temas que el documental no me ha aclarado —le dije maliciosamente.

Después de estacionar bien el coche, Brian paró el motor. Mi táctica había funcionado. También él parecía alegrarse de que la noche no acabara tan pronto. O eso me pareció...

—Soy todo oídos. Dispara —me animó.

—Ya sé que este documental sólo trata los últimos años de Einstein y su sueño de encontrar una teoría que unificara todas las leyes de la física. Pero siempre he sentido curiosidad por su relación con Mileva, su primera esposa. ¿Es cierto que ella le ayudó en los cálculos matemáticos para sus famosas teorías? ¿Por qué no saltó ella a la fama?

—Mileva Marić tenía una mente brillante y es probable que ayudara a su marido a discutir aquellas teorías. Piensa que cuando se conocieron en el Instituto Politécnico de Zúrich, ella era la única mujer estudiante del centro. Einstein debió quedar fascinado. En aquella época, ser mujer y científica era insólito, y a ellas no les resultaba fácil hacerse un lugar en un mundo reservado a los hombres.

—¡Qué injusto!

—Hay cartas de Einstein a Mileva en las que habla de «nuestro trabajo» al referirse a la teoría de la relatividad. Por otra parte, ella era amiga del también serbio Nikola Tesla, el primero en crear una central eléctrica, un genio de la energía. Además, al cobrar el premio Nobel, Einstein le entregó la totalidad del importe a quien ya era su ex mujer... ¿No te parece curioso?

Por unos instantes nos quedamos en silencio. Temí que con esas conjeturas sobre Mileva diera la noche por zanjada.

—¿Quieres subir a la residencia? —me aventuré a proponer—. Podríamos tomar una copa.

Su rostro se tensó levemente y dejó de sonreír. Debía de estar sopesando el significado de mi invitación.

—Tengo una botella de vino español, un Ribera del Duero. Me gustaría invitarte como agradecimiento por ilustrarme.

—No digas bobadas, no hace falta que compenses nada —dijo más relajado—. Aunque creo que aceptaré tu invitación. ¿Quién puede negarse a un buen vino español?

Mientras subíamos las escaleras, recé porque Angie no estuviera allí. Tenía la capacidad de volverme invisible a su lado.

Respiré aliviada al abrir la puerta de mi habitación. Mi compañera y Arthur debían de haberse aburrido con el repaso y habían encontrado algo mejor que hacer en otro lugar.

—Lo siento, el vino no sabe igual si no se toma en copas de cristal —me disculpé al llenar los dos vasos de plástico.

Brian se había quedado en el umbral de la puerta. Parecía indeciso. Me quedé pasmada con el brazo extendido y su vaso en la mano. Finalmente, el estadounidense se decidió a entrar con una sonrisa tímida y aceptó la bebida.

—No te preocupes, lo que cuenta es la compañía.

Acto seguido, Brian retomó la conversación sobre Einstein y Mileva. Sabía un montón de anécdotas sobre ellos dos.

Yo me senté a escucharlo en el borde de la cama y él ocupó, educadamente, la silla de mi escritorio. Por unos instantes me quedé en Babia, sin seguir sus palabras, pero me encantaba su tono de voz grave y apasionado.

Deseé con ardor que sucediera algo entre nosotros, aunque no podía precisar qué. Era mejor que no me hiciera ilusiones, ya que él en ningún momento había mostrado especial interés por mí. Pero aunque no ocurriera nada, me gustaba estar a solas con él, observar cómo movía las manos, cómo dudaba y sopesaba mis reacciones cuando me acercaba demasiado. En aquellos momentos, más que un investigador de élite, parecía un adolescente inseguro que se enfrenta a su primera cita con una chica.

—Lo que más me fascina de Einstein —prosiguió Brian— es su capacidad para formular preguntas distintas. Por eso mismo obtuvo respuestas reveladoras. En sus propias palabras, «si haces siempre lo mismo no esperes resultados diferentes».

—Se enfrentó a un *nudo gordiano* —añadí mientras me preguntaba qué podía hacer de especial para atraerle.

—¿Un nudo qué? —se interrumpió extrañado.

—Gordiano. ¿No conoces la historia?

Mi padre me la había contado en innumerables ocasiones como ejemplo de pensamiento creativo. Me hizo ilusión poder explicarle algo yo, para variar:

—Una leyenda oriental habla de un nudo que alguien había hecho con dos cuerdas. Era tan complejo que nadie había conseguido separarlas. Según la tradición, quien fuera capaz de desatar el llamado nudo gordiano conquistaría Oriente. Cuando Alejandro Magno se propuso doblegar el Imperio persa, un anciano se lo mostró y lo retó a que separara las cuerdas. Alejandro lo solucionó de forma rápida y drástica: desenvainó su espada y cortó de un tajo aquel nudo, separando las cuerdas. Problema resuelto.

Brian me observaba con los ojos muy abiertos, prestando atención a cada una de mis palabras. Era la primera vez que me aventuraba a hablar tanto. Hasta entonces, nuestras conversaciones eran siempre unidireccionales: Brian me explicaba cosas y yo escuchaba.

—Es una historia fantástica —dijo admirado—. ¿Me dejas que la use para alguna de mis clases?

—¡Claro que puedes!

Animada por el vino, estuve tentada a pedirle a cambio un beso. Afortunadamente, me acobardé.

—Es perfecto para explicar cómo Einstein llegó a deducir su teoría de la relatividad.

—La verdad es que yo nunca he entendido esta teoría—reconocí.

Para mi sorpresa, de repente Brian se levantó de la silla y se sentó por fin a mi lado.

—Una vez, en una entrevista le comentaron lo mismo que has dicho, y puso este ejemplo: «Si estás al lado de una chica bonita durante dos horas, creerás que ha pasado un solo minuto. Pero si te sientas encima de una plancha candente unos segundos, creerás que han pasado dos horas. Esto es la relatividad».

El vino empezaba a hacer su efecto y me sentí lo suficientemente juguetona para poner en jaque a mi acompañante.

—Y para ti… ¿cuánto tiempo ha pasado? ¿Dos horas o un minuto?

En ese preciso momento se abrió la puerta de la habitación. «Salvado por la campana», me dije con fastidio.

Angie llegaba un poco borracha de su supuesta sesión de estudio.

Brian se levantó, incómodo, y me dispuse a presentarlos.

—Yo te conozco —dijo ella.

Ambos la miramos extrañados.

—Sí —prosiguió Angie—. Hace unas semanas nos diste una charla sobre los imanes superconductores. Lo recuerdo porque ya conocía tu nombre. He leído en *arxiv.org* los artículos que publicaste cuando trabajabas en el Laboratorio Nacional de Los Álamos. ¿Por qué dejaste aquella línea de investigación? Esperaba que publicaras más resultados al respecto.

—Hace tiempo que dejé ese trabajo de Los Álamos —contestó Brian, visiblemente inquieto.

Deduje erróneamente que le incomodaba que Angie nos hubiera encontrado solos en la habitación. Más adelante descubriría que no había sido ése el motivo de su nerviosismo.

—Por cierto, en el último artículo que colgaste en el intranet del CERN has cometido un error al hacer la traza de los estados atómicos internos del Hamiltoniano.

—Eso es imposible —se defendió confundido.

—Te lo voy a demostrar.

Angie tomó un rotulador y empezó a escribir velozmente signos y fórmulas marcianas en el pizarrón blanco mientras justificaba todos los pasos que realizaba.

En unos minutos, los dos estaban enfrascados en una intensa discusión matemática.

Deprimida, apuré mi vaso de vino y me tumbé en la cama. Ambos parecían disfrutar de aquellas disertaciones. Y lo que era peor, Brian no se ponía tenso ni a la defensiva con ella. Me dije que no debía engañarme. Angie era el tipo de mujer que podía volver loco a Brian. No sólo porque era guapísima, sino porque además hablaban el mismo idioma.

Sentí cómo los parpados se me cerraban y me abandoné al sueño con una mezcla de tristeza y resignación. Había perdido la batalla antes de que empezara.

* Núm.

12. EL ÚLTIMO TEOREMA DE FERMAT

PARA: ANTONIO PAPÁ
ASUNTO: CRÓNICAS DEL CERN II

Hola papi,

Ayer fui con unos amigos a visitar Ginebra en bicicleta. El CERN las presta a sus trabajadores y estudiantes, pero hay que apuntarse en una lista de espera. A mí todavía no me ha tocado ninguna, pero un *summer student* al que no le entusiasmaba la excursión me dejó la suya.

Ojalá vinieras a conocer la ciudad. Estoy segura de que te gustaría mucho el centro medieval. Parece sacado de una peli de Disney, con sus callejuelas de adoquines repletas de flores y plantas. También es muy agradable el paseo alrededor del lago Leman, ése con el chorro que se eleva ciento cuarenta metros: el Jet d'Eau. Justo enfrente han construido una playa artificial. Me pareció muy divertido.

Había familias enteras aprovechando el calor del verano para darse un buen chapuzón.

Por la mañana visitamos el Palacio de las Naciones de la ONU. Es un edificio precioso rodeado de árboles centenarios. Me encantó ver corretear pavos reales por los patios del palacio. Al parecer, los terrenos fueron cedidos por una familia suiza que puso como única condición que dejaran que sus pavos reales campasen libremente. Han pasado más de ochenta años desde entonces, pero estos majestuosos animales siguen paseando como reyes por sus tierras.

Comimos en la cantina de la ONU. Las meseras de allí sí que tienen trabajo, pues hay un montón de gente, muchísima más que en el CERN. ¡Y yo que me quejaba!

Hablando de restaurantes, el encargado me felicitó este viernes por mi trabajo. Al parecer es la semana del año en la que han dejado más propinas. También le han llegado comentarios de que preparo un *cappuccino* muy bueno y que tengo un trato amable con los clientes. Cuando me citó para una reunión en el almacén, pensé que me iba a despedir por algún motivo, ya que siempre pone cara de amargado. Pero no fue así. Cuando me alabó, me agrandé como uno de esos pavos de la ONU. ¡Por fin se me da bien algo aquí!

¿Recuerdas que en mi anterior correo pensé en convertirme en guía oficial? De momento no puedo ir a los cursos pues coinciden con mi horario en el restaurante, pero el profesor que da las clases me ha propuesto que hagamos sesiones particulares.

No he olvidado que te prometí una anécdota científica en cada correo ;—) Esta mañana, Angie, mi compañera de habitación, me ha explicado una que sé que te gustará. Es sobre Hilbert, un matemático de finales del siglo XIX y principios del XX cuyas ecuaciones fueron esenciales para la mecánica cuántica.

A este hombre le aterraba viajar en avión y siempre evitaba los compromisos que implicaran volar. Sin embargo, en una ocasión recibió la invitación de una prestigiosa universidad y no pudo negarse. Hilbert anunció que el tema de su charla sería «Demostración del último teorema de Fermat», uno de los mayores enigmas matemáticos de la historia, lo que llenó de curiosos la sala de congresos.

El día de la conferencia, Hilbert habló de matemáticas pero no mencionó en ningún momento el teorema de Fermat. Al terminar, un estudiante se atrevió a preguntarle por qué había anunciado aquella charla como la demostración del último teorema de Fermat, si no había hablado de ello.

Hilbert respondió: «¡Ah! El título de la conferencia… era sólo por si se estrellaba mi avión».

Dale un beso a mamá de mi parte. ¡Los quiero mucho!

Laila

13. ESPUMA AMARGA

Aquel miércoles al mediodía había vuelto con Angie a la piscina. Hacía un calor atípico para Ginebra, aunque fuera verano.

«Es en honor a ti —me había dicho Angie—, para que no eches de menos el sol de Sevilla».

Sólo me daba rabia tener que trabajar luego en el Restaurante 1, mientras los investigadores se echaban al gaznate una cerveza tras otra. La terraza del jardín estaba a tope. Al parecer, ni los científicos más aplicados podían resistirse a una tarde soleada. Daban mucha envidia.

En la mesa más cercana a la puerta se habían instalado Angie, Klaus, Arthur y la pareja formada por la insoportable Chantal y su perrito Pierre. Llevaban ya tres rondas de cerveza cuando llegó Brian. Se había vestido con unas bermudas caqui y un polo que le quedaba francamente bien, mucho mejor que los jeans y la camiseta vieja que había llevado en su cita conmigo. Por una vez se había peinado. Conociéndole, podía decirse que iba de gala.

Desde detrás de la barra, observé cómo Angie le hacía una señal con la mano para que se acercara. Me pareció que él se alegraba de verla.

Tardé más de lo que debía en atender la mesa de Brian. No lo había visto desde el jueves pasado, cuando fuimos al cine. Al final de aquella velada ni siquiera me había despedido de él. No estuvo bien por mi parte. Esperaba que a la mañana siguiente se acercara a la cafetería, pero no lo hizo. Eso tampoco estuvo bien por la suya.

Hice de tripas corazón y salí a la terraza para tomarle la orden con el tono más frío que pude:

—¿Qué vas a querer?

Pareció un poco desubicado al pedir una cerveza. Luego se me quedó mirando sin decir nada más. Afortunadamente, en ese momento Klaus anunciaba a gritos la edición del lote completo de *Star Wars* y nadie se dio cuenta de la tensión entre nosotros dos.

Me dirigí cabizbaja hacia el tirador a buscar su cerveza. Sin embargo, antes Brian me dio alcance.

—El otro día no estuve muy cortés contigo —se disculpó—. Creo que te aburrimos con nuestra discusión.

Llené la jarra de cerveza con la espuma justa mientras evitaba mirarle a la cara. Le recriminé muy a mi pesar:

—Esperaba que te pasarías por la cafetería al día siguiente, o algún día de esta semana. Me hubiera gustado saber algo de ti, pero te esfumaste.

Lo miré a los ojos al terminar la frase. Me arrepentí al instante de haberle mostrado tan abiertamente mis sentimientos. Lo había incomodado.

—Siento no haberme pasado antes. Tuve que salir de viaje para un congreso y he regresado esta mañana. Por cierto, quería decirte que mi clase para ser guía del CERN se ha trasladado a mañana por la tarde, por si quieres venir.

Brian tenía algo que me desarmaba. Transpiraba tan buena voluntad que era imposible enfadarse con él. Precisamente eso era lo que me dolía: seguramente él sólo sentía compasión por la júnior a la que le quedaba tanto por aprender... Decidí que lo mejor era olvidar cuanto antes aquella cita que sólo había existido para mí y tratarlo con más distancia a partir de ahora.

—Es muy atento por tu parte avisarme del cambio de clases. ¿La darás también a las siete de la tarde?

—Exacto, será a esa hora —parecía sorprendido por mi cambio de tono—. Espero verte allí.

—Tengo que volver al trabajo. Hoy la cafetería está a reventar.

—Por supuesto, no quería entretenerte. Perdona.

Volvió a la mesa con los demás mientras yo me deshacía por dentro como la espuma de la cerveza.

El tirador de Heineken echaba humo. Debido al calor asfixiante, aquella tarde serví más cervezas que en todo lo que llevaba de verano. Aquel frenesí me ayudó a ignorar la mesa de Angie y los suyos, pese a que no paraban de pedir jarras de medio litro. Tuve la sensación de que Brian, quizá un poco incómodo, evitaba mi mirada.

Al atardecer, todas las mesas se vaciaron excepto la de Angie, que insistió en que me sentara con ellos unos minutos.

—Estamos organizando una parrillada para este fin de semana. ¡Resérvate el día, júnior!

—¿Ya tienes permiso para venir? —Chantal no parecía conforme con que me incluyeran en el plan—. Pensaba que el sábado te tocaba limpiar cocinas o algo así. A no ser que quieras servirnos la comida, claro. Te daremos una buena propina, ¿verdad chicos?

Aquellas palabras envenenadas congelaron el aire. Antes de que se me empañaran los ojos de lágrimas, pude ver cómo Pierre aguantaba la respiración.

Por unos segundos nadie dijo nada.

De repente, Angie se levantó tirando al suelo su silla de plástico. Se plantó delante de la belga y le soltó un largo y sonoro eructo en la cara.

—¡Pero qué carajos haces! —gritó Chantal histérica.

—Seguirte el juego. ¿Acaso no has empezado una competición para ver quién saca más mierda por la boca? Aunque está claro que en eso nadie te puede hacer sombra.

Chantal se quedó blanca, mientras Klaus y Arthur estallaban en risas. Aunque clavé los ojos en el suelo, podía sentir sobre mí la mirada preocupada de Brian.

Indignada, la belga tomó a su novio bruscamente del brazo y se marchó despotricando en su idioma.

Yo seguía petrificada. Cuando pensaba que ya no podía sentirme más humillada, alguien encontraba el modo de hundirme un poco más en el lodo.

—Laila —me llamó Angie jalándome del brazo—. No se te ocurra hacerle caso a esa estúpida. Es una tarada, ya te lo dije el otro día. Sólo la aguanta el tonto de su novio.

Hice lo posible por forzar una sonrisa, consciente de que se parecería más a una mueca.

—No te preocupes, estoy bien. Voy a recoger todas esas jarras y a hacer el corte de caja. Nos vemos más tarde en la habitación.

Me alejé lo más rápido posible y me escondí en el almacén. Desahogué mi rabia pateando un barril de cerveza que estuvo a punto de romperme los dedos del pie. Todavía no podía permitirme llorar. Me horrorizaba volver a la terraza con la cara hinchada. Ya tendría tiempo de autocompadecerme cuando llegara a mi cuarto.

Haciendo acopio del poco orgullo que me quedaba, recogí la terraza y me parapeté nuevamente tras la barra. Me despedí del grupo desde allí cuando decidieron marcharse.

Al regresar a la residencia, agotada y con el ánimo por los suelos, agradecí al cielo que mi compañera no estuviera. Me tumbé en la cama y me desahogué. Estaba harta de aquel sitio, harta de aquellos pedantes científicos y, sobre todo, harta de ser invisible a los ojos de Brian.

Al cabo de unos minutos decidí que también estaba harta de llorar. Me prometí firmemente que nadie me haría derramar más lágrimas.

En aquel momento no sabía lo imposible que me resultaría cumplir aquella promesa.

Ya bajo las sábanas, cogí la novela *La última respuesta*, sobre los enigmas en torno a la vida e investigaciones de Einstein.

Estaba finalizando un capítulo sobre una hija secreta a la que Albert Einstein nunca llegó a conocer, cuando la señal del celular me indicó que había entrado un sms.

Era de Alessio.

[Mañana jueves. Concierto de jazz. Ginebra la Nuit. ¿Te recojo a las 20h?]

Mi corazón se llenó de alegría al leerlo. Unos segundos más tarde, el mismo sonido anunció la llegada de un segundo sms.

[No se aceptan negativas.]

Pese a que coincidía con la clase de Brian para los nuevos guías, tuve claro la respuesta que debía teclear:

[Iré.]

14. SI EL UNIVERSO FUERA UN VESTIDO, ¿CUÁL TE PONDRÍAS ESTA NOCHE?

Alessio llegó con quince minutos de retraso. Sentí no haber hecho caso a Angie acerca de la conveniencia de hacer esperar a los chicos.

Bajé a la puerta de la residencia a la hora en punto. En lugar de ir vestida como una princesita, me había puesto unos jeans y mi camiseta preferida. Sólo me pinté un poco los ojos.

En cuanto llegó, me alegré de no llevar falda. Alessio conducía una Ducati. Reconocí al instante el modelo, porque mi primo llevaba un año suspirando por esa moto y me había dado lata todos los fines de semana con el tema. Tenía que darle la razón en que aquella máquina era lindísima, y el suizo quedaba de lo más sexy en ella.

—Espero que no te marees —bromeó mientras me pasaba un casco integral.

—No te preocupes, he conducido motos más grandes que ésta —bromeé.

—Entonces sube y agárrate fuerte, *bambina*.

Me agarré suavemente a su cintura, en vez de a la parte trasera de la moto, que arrancó con controlado ímpetu.

En cuanto salimos a la carretera que une el CERN con Ginebra, Alessio aceleró para impresionarme. Tuve que agarrarme con fuerza y apretarme contra su espalda para evitar la bofetada de aire. Pude comprobar a través de la camisa del piloto que estaba en buena forma. Tenía buenos abdominales y, pese a ser delgado, su espalda era lo bastante ancha para que pudiera recostar en ella todo mi cuerpo.

Me gustaba aquella sensación. Me hacía sentir protegida.

El trayecto se hizo más corto de lo que hubiera deseado. Atravesamos Ginebra en dirección al lago y estacionamos la moto a dos calles del club de jazz.

—Bienvenida al barrio de Paquis —me dijo al quitarse el casco—. ¿Has paseado ya por aquí?

—Desafortunadamente, aún no he visto mucho de Ginebra.

—Éste es el barrio bohemio. Además de unos cuantos locales con jazz en directo, también están las prostitutas más educadas que hayas visto jamás.

—¿Lo sabes por experiencia? —lo molesté.

—¡Claro que no! Soy un caballero chapado a la antigua —dijo mientras encadenaba ambos cascos a la moto—. Me gusta enamorarme y esas cosas. Pero no tengo nada en contra de quien busque esa clase de compañías. ¿Sabías que Feynman frecuentaba locales de *topless*? Le encantaba ir a esos lugares a relajarse y tomar un 7-Up. Algunas de sus teorías las formuló mientras miraba a las chicas.

Entramos en el local del concierto, que estaba lleno de butacas y sofás tapizados de rojo. Aquel pequeño escenario sobre una tarima de madera había soportado a los mejores instrumentistas del siglo xx.

Pedimos un par de cervezas a una joven y despampanante mesera, que empezó a coquetear con Alessio. Él le siguió la corriente durante más tiempo del que yo hubiera deseado.

Mientras aguantaba vara, jugueteando con la botella de cerveza, me dije que al lado de aquel bombón yo parecía una niña. Una verdadera *bambina*. Aquello no me gustó.

Cuando acabó de flirtear con la mesera, me pasó el brazo por el hombro con suficiencia y buscamos un par de sillas libres. Nos sentamos en una mesa cercana al escenario, donde los músicos hacían las últimas pruebas de sonido.

Unos jóvenes sentados justo detrás de nosotros se acercaron para saludar a Alessio, que me los presentó:

—Estos son Max, Annie y Jonas. Trabajan en el CERN, en la división de física teórica. Son los más locos del club de científicos, por eso los he entrevistado.

Max le pegó un codazo amistoso a Alessio. Todos ellos iban desaliñados como bohemios de la vieja escuela. Calculé que tendrían entre veinticinco y treinta años, bastante mayores que los *summer students* que ya conocía. Los chicos iban con jeans rotos y botas. Annie, que era francesa, llevaba un *look* neohippie con dos trenzas que le caían por los hombros y una larga falda. Me miró como si me conociera.

—¿Es posible que te haya visto en el Restaurante 1?

—Ajá —contesté—. Trabajaré allí todo el verano.

—¿Sólo este verano? ¡Qué pena! Preparas lo mejores cafés del CERN, supongo que ya te lo habrán dicho.

Alessio sonrió orgulloso.

—Yo he sido su maestro cafetero.

Ignoré al suizo y agradecí el comentario a Annie.

Max llegó con otra ronda de cervezas para todos. Me dije que vigilaría a Alessio. Tenía que llevarme de vuelta al CERN sana y salva.

—Ojo con las cervezas. No olvides que tienes que conducir.

Jonas tomó la palabra sin sacarse de la boca una pipa apagada que apestaba a rayos.

—¿Sabías que el 33% de los accidentes mortales están producidos por alguien que ha bebido? El resto, el 67%, los han causado personas sobrias. Si a ello le añadimos que la probabilidad de tener un accidente de tráfico aumenta con el tiempo que pases en la carretera... lo mejor es conducir borracho y lo más rápido posible.

—Esto es un claro ejemplo de cómo pueden ser malinterpretadas las estadísticas —añadió Annie mientras daba un golpecito en la nuca a su amigo.

—Beber no siempre da malos resultados —prosiguió Max, también de guasa—. ¿Acaso no conocen lo que ocurrió en el grupo de Yoshihiko Takano? Él y sus investigadores habían conseguido generar materiales superconductores al remojarlos en una mezcla de agua y etanol. Decidieron celebrar aquel éxito con una fiesta en el laboratorio que se convirtió en un botellón. Animados por la borrachera, continuaron el experimento añadiendo vino tinto a los materiales superconductores para echarse unas risas. ¡Imagínense su sorpresa al descubrir que el vino tinto mejoró la conductividad un 23%!

—Si ya lo decía Homero Simpson —se rio Max—: «El alcohol es la causa y la solución a todos los problemas de la vida». Incluso el de la superconductividad.

En aquel momento, la banda de jazz empezó a tocar. Estaba formada por un pianista veterano, un contrabajista y una chica joven en la batería.

A medida que el concierto avanzaba, Alessio iba ganando milímetros para aproximarse a mí. Yo controlaba divertida sus sutiles movimientos. Primero acercó su silla con la excusa de susurrarme algo al oído.

—Esta canción se llama «Mad about the Boy».* La original, de Dinah Washington, tenía letra. Habla de una jovencita que se enamora locamente de un chico que le quita el sueño.

—¿Ah, sí? —me hice la tonta obviando su indirecta.

Alessio alargó el brazo y lo situó a mi espalda, usando el respaldo de mi silla como apoyo.

—La cantante negra de este tema se casó siete veces y murió con treinta y nueve años de una sobredosis de pastillas y alcohol. La mencioné en un reportaje que escribí sobre artistas malogradas, a raíz de la muerte de Amy Winehouse. Mi teoría es que estas divas tenían una vida sentimental desastrosa porque se hacían demasiadas películas en su cabeza. Quizás el amor de su vida estaba muy cerca, pero buscaban a su príncipe azul en cualquier otra parte.

Alcé la cara para mirarlo a los ojos. Me di cuenta de que había inclinado mi cuerpo hacia el suyo para poder seguir su conversación. Nuestros rostros casi se rozaban. Sentí una tensión ligeramente electrizante. Sabía que si giraba un poco más la cara, nuestros labios se tocarían. Sin embargo, me quedé inmóvil. Para enfriar el ambiente, le dije:

* «Loca por ese chico».

—Quizás esas cantantes sólo querían explorar todas las posibilidades del amor. Como dicen los cuánticos, hasta que no colap-
samos una posibilidad tomando una decisión, todas coexisten al
mismo tiempo.

Recordé el experimento de la doble rendija que Angie me había contado en la piscina, la semana anterior, y que tenía anotado
en mi libreta. En ese momento, mi interlocutor alargó un poco
más el brazo y me rodeó la cintura.

—De modo que... —añadió Alessio con un tono pícaro—
también esta noche todas las posibilidades están abiertas. Si el
universo fuera un vestido, ¿cuál te pondrías esta noche?

—No sé que quieres decir con eso.

—La verdad es que yo tampoco, pero podría ser el título de
algo.

15. COMETA ERRANTE

Era la una de la madrugada cuando nos subimos a la moto, en silencio.

Al terminar el concierto de jazz, aquellos físicos chiflados nos habían convencido para que fuéramos con ellos al Bypass, una discoteca de moda en Ginebra. La noche estaba siendo perfecta. La música me gustaba y, gracias a algunas cervezas de más, por fin me solté y bailé sin parar.

Todo se estropeó cuando Alessio quiso besarme. De forma instintiva, esquivé con rapidez su intento, lo que acabó con la magia del momento.

El castillo de naipes de mi periodista se vino abajo.

Hasta entonces nos habíamos sentido los amos de la noche. Alessio era un compañero de baile extraordinario y me conducía hábilmente por la pista. Me hacía parecer una virtuosa de la danza, ya que conseguía que mi cuerpo se ajustara a sus movimientos.

Lo lógico hubiera sido dejarme llevar por la situación y aceptar aquel beso. A fin de cuentas, él me gustaba. Y probablemente aquella era la señal que yo le había transmitido, de modo que su iniciativa era de lo más previsible.

No se podía decir lo mismo de mi rechazo. Ni siquiera yo entendía por qué había reaccionado con una evasiva, fría como el hielo.

Alessio era guapo, y su conversación me divertía. Tal vez no resultaba tan interesante como lo que contaba Brian, pero era agradable y me hacía sentir bien.

¡Brian! Quizá fuera ése el problema. En el momento en que Alessio había intentado besarme, visualicé con gran claridad el rostro de Brian.

En aquella charla de introducción al CERN, me había parecido un chico normal, pero al pensar en él encontraba nobleza en cada uno de sus rasgos. Sus ojos estaban teñidos de aquel misterio que lo envolvía, como si quisiera protegerse del exterior.

Había llegado a la conclusión de que era la persona más atractiva, en el sentido literal de la palabra, que había conocido jamás. Su porte reservado despertaba en mí la necesidad de atravesar sus muros y descubrir sus secretos. Me sentía atraída hacia él de un modo irresistible, como un planeta atrapado en la órbita de una estrella gigante.

Me había enamorado de él.

De repente lo comprendí. Me había negado a besar a Alessio por una singular «fidelidad platónica» hacia Brian. En ese momento lo vi claro. Y todo había sido culpa mía. No debía haberle dado señales a Alessio de que me sentía a gusto con él. Con eso sólo había conseguido que se atreviera a cruzar la frontera... y ahora sería difícil —por no decir imposible— devolverlo al territorio de la amistad.

Sobre aquella moto ya en marcha, mientras me abrazaba al cuerpo atlético de Alessio, tuve que reconocer que una parte de mí deseaba sucumbir a la tentación. Pero aquel impulso no tenía nada que hacer contra la fuerza de gravedad que me mantenía en la órbita de Brian. Ya no había vuelta atrás. Sin él me convertiría en un cometa errante que va perdiendo luz mientras se adentra en la oscuridad del cosmos.

Llegamos a la entrada del CERN en un santiamén. El suizo había pilotado su Ducati mucho más rápido que en el camino de ida. Enseñamos nuestros pases a los guardias de seguridad sin bajarnos de la moto. Segundos después, Alessio se detenía ante la puerta de mi residencia.

Me quité el casco, temerosa de la herida que mi rechazo pudiera abrirle. Esperaba una reacción fría por su parte, pero me sorprendió con su sonrisa de siempre.

—Una velada estupenda. Sigo sin entender el vestido que llevas puesto esta noche, pero imagino que eso es lo que te hace tan especial.

Dicho esto, me acarició la barbilla con los dedos. Un gesto cariñoso pero a la vez de confianza absoluta. En todo caso, me alegré de esquivar el drama. Al menos no era un chico complicado, como yo.

Sin saber qué decir, me limité a sonreírle tímidamente.

—¿No me invitas a subir? ¿O es que no has aprendido nada de las películas? Según el guión, ahora toca que me ofrezcas un café en tu habitación.

—La comparto con una estudiante —tenía la excusa perfecta—. No querría molestarla, es tarde. Además, en el cuarto de una residencia no hay cocina ni cafetera, lo siento.

Tras aquella evasiva, me dije que aquello no me había frenado al invitar a Brian la semana anterior.

Alessio se apoyó contra la pared y me preguntó con fingida indiferencia:

—¿Cómo es tu compañera de habitación?

—Es un cerebrillo. Una de las estudiantes con mejor expediente académico de todo el CERN.

—No sigas… Con esa descripción, me espero lo peor. ¿Puede pasar como chica o es una especie de orco?

—El envoltorio puedes juzgarlo tú mismo. Aquí viene.

Angie caminaba hacia nosotros. Aquella noche llevaba una de sus minifaldas que quitaban el hipo. La había conjuntado con un suéter holgado que tenía un cuello lo suficientemente abierto como para que cayera por uno de sus brazos y dejara el hombro al descubierto. Llevaba el pelo suelto y desenfadado.

Tuve curiosidad por ver cómo reaccionaría Alessio ante sus encantos.

—¡Laila! —me saludó mientras miraba a Alessio directamente a los ojos—. No sé de dónde has sacado a esta pieza, pero rompe con los estándares de belleza masculina de este infierno.

—A mí me habían dicho que eres un geniecillo —intervino él—, pero me pareces más una modelo de catálogo.

Angie le rio la broma. Fantástico, ahora se pondrían a ligar ante mis narices, me dije. Lo último que me apetecía era presenciar aquella escena.

—Visto que no hace falta que los presente, yo me largo. Mañana tengo que entrar pronto al trabajo.

Esperaba que ante aquella despedida tan drástica, Alessio haría un intento de detenerme. Pero no fue así. Tras guiñarme el ojo, me despidió con un ridículo:

—Buenas noches, bambi.

—Yo subo en un rato —añadió Angie.

Dado que a ninguno de los dos parecía importarle que me fuera, abrí bruscamente la puerta de la residencia y subí a mi cuarto.

Me parecía increíble que aquel cínico hubiera intentado besarme, hacía menos de una hora, y que ahora se quedara ligando con mi compañera delante de mis narices. Estaba claro que, al lado del bellezón con el que compartía cuarto, yo me volvía invisible.

Decepcionada, me senté ante el escritorio de Angie y encendí su computadora para ver la hora. Pasaban veinte minutos de la una. Me desvestí y me puse la piyama. Luego volví al escritorio y miré de nuevo el reloj. Ya eran una y media.

Para entretenerme, abrí el navegador y me metí en la intranet del CERN-Market, donde los residentes venden sus muebles y coches usados, ya que siempre hay investigadores llegando y partiendo. Algunos anuncios eran realmente chocantes.

VENDO SOFÁ ROJO DE IKEA SEMINUEVO YA DESMONTADO
Advertencia I: Falta un tornillo.
Advertencia II: Puesto que este producto es 100% materia, en el caso de que entrara en contacto con antimateria, ocurrirá una explosión catastrófica para el sofá y su ocupante. Se declinan responsabilidades por dicha situación.
Advertencia III: Se avisa al comprador que, en realidad, este producto consta de un 99.9999999999% de espacio vacío.

Me reí al recordar el ejemplo que me había puesto Angie una semana antes: «si el núcleo del átomo fuera una pelota de ping-pong y la colocáramos en el centro de un campo de futbol, los electrones serían más pequeños que la punta de un alfiler y estarían dando vueltas por las gradas. El resto está completamente vacío, como la cabeza de los hombres».

Brian lo había explicado de un modo más dulce: «si tomáramos todos los átomos que forman la humanidad y les quitáramos el espacio vacío, juntando los núcleos y los electrones, cabríamos todos en un terrón de azúcar».

Después de leer muchos anuncios, aquella estrategia de autodistracción dejó de funcionar. Habían pasado ya cuarenta y cinco minutos y mi compañera de cuarto no había vuelto.

Cerré la tapa de la laptop, apagué las luces y me tumbé en la cama con una sensación de molestia.

No entendía por qué me molestaba tanto que Alessio ligara con Angie. Lo había rechazado aquella misma noche y llegado a la conclusión de que sentía algo muy fuerte por Brian. Entonces, ¿por qué me carcomían los celos y cronometraba el tiempo que llevaban juntos?

Lo que sí podía afirmar sin sentirme culpable era que mi supuesta amiga no tenía nada de tacto.

Entró justo cuando pensaba eso, pero me hice la dormida. No tenía ganas de hablar con ella.

Sin encender la luz, se metió en el baño para darse una ducha. Entonces el sonido de mi teléfono me indicó que acababa de entrar un sms.

[Angelina es un buen físico, pero tú eres un ángel]

Resoplé al leer aquel mensaje. Mientras pensaba si era o no un cumplido, entró una cursilada que me puso de buen humor:

[Buenas noches, Bambi,
gracias por dar argumento a mis sueños.]

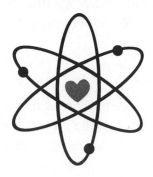

16. LES HORRIBLES CERNETTES

Me levanté de la cama de un brinco. ¡Por fin sábado! A pesar de que me había acostado pronto, para compensar la salida de la noche anterior, no había conciliado el sueño hasta bien entrada la madrugada.

Estaba impaciente por ver de nuevo a Brian. Sabía que también él se había apuntado a la barbacoa.

Abrí las cortinas para escanear el cielo. Si se ponía a llover, algo de lo más normal en aquel país, se suspendería la salida y se aguarían mis esperanzas de verlo.

Afortunadamente brillaba el sol. Algunas nubes se aglomeraban en el horizonte, pero estaba lo suficientemente despejado como para seguir adelante con el plan.

Entusiasmada, salté a la cama de Angie y empecé a hacerle cosquillas para despertarla.

—¡Arriba, dormilona! Hace un día precioso.

—¿Se puede saber qué mosca te ha picado? —protestó mientras me golpeaba con su almohada—. El miércoles tuve que ro-

garte que no hicieras caso de las impertinencias de Chantal y vinieras... y ahora ¡sólo te falta un par de pompones para ser la
cheerleader del grupo!

—He cambiado de opinión. Hace un día perfecto para una
parrillada.

Tras asegurarme de que Angie no volvía a quedarse dormida,
pasé por la ducha. Luego me puse el bikini bajo los shorts y una
camiseta de tirantes. Con un poco de suerte podríamos darnos
un chapuzón en el lago. Por último, metí mi piyama y mi cepillo
de dientes en la mochila. El plan era disfrutar del día al aire libre
y acampar al lado del lago.

Quizá era una chiquillada, pero me entusiasmaba la idea de
pasar la noche con él, aunque fuera de campamento y con todos
los demás alrededor.

En cuanto salimos de la residencia, vi dos grandes camionetas
en el estacionamiento cargadas con las provisiones. Klaus había
alquilado una de ellas. La segunda la conduciría un *summer student* a quien sólo conocía de vista.

A medida que llegábamos al estacionamiento, nos repartimos
en dos grupos de manera natural. Mi compañera y yo nos pusi-
mos enseguida con Klaus y Arthur. Por suerte, Chantal se mantuvo
alejada de nosotras y se sentó con Pierre en el otro vehículo. Imaginé que seguía sin hablarse con Angie después del desagradable
incidente de la terraza.

Mientras esperábamos al resto, miré inquieta hacia la residencia de Brian. Llegaba tarde y, por lo que sabía de él, siempre era
puntual. Temía que al final se hubiera desdicho y no se apuntara a
la excursión, pero no me atreví a preguntárselo a Angie.

Llegaron tres estudiantes más que se sentaron en el otro coche.
Klaus decidió que ya era hora de salir.

Brian no había llegado. El buen humor con el que me había levantado se esfumó de golpe. Me senté silenciosa en la parte trasera de la camioneta, mientras Angie y Arthur se colocaban delante junto a Klaus. Me desconecté de su conversación y miré el cielo con tristeza.

—¿Se puede saber qué te pasa, júnior? —me gritó mi amiga desde el asiento delantero—. Hace media hora no parabas de saltar y ahora pareces un cordero degollado. ¿Has escuchado lo que estábamos diciendo? Tenemos que tramar alguna actuación para el CERN Hardronic Festival.

—Perdona, Angie, no los escucho bien desde aquí.

Intenté mostrar interés por lo que hablaban. No quería que se dieran cuenta de que la ausencia de Brian era el motivo de mi melancolía.

—Quién sabe... —añadió Arthur—. Quizá nos hagamos tan famosos como Les Horribles Cernettes, que pasaron a la historia por estar en la primera foto que se subió a la World Wide Web.

—¿Y quiénes son? —pregunté haciendo un esfuerzo por integrarme.

—Un grupo de rock que tenía las mismas siglas que nuestro acelerador LHC. Lo fundó una secretaria del CERN. Dicen que estaba tan cansada de esperar a su novio, un físico de partículas que trabajaba hasta altas horas de la noche, que decidió darle un toque de atención creando aquella banda. Hicieron una actuación magistral en el Hadronic Festival cantando «Collider».*

Klaus amplió la explicación con todo lujo de detalles. Quería demostrar que también era experto en aquella banda freak.

---

* Colisionador, en referencia al acelerador de partículas.

—Esa canción de amor habla de las solitarias noches que sufría la desgraciada novia del científico, que le dedicaba más tiempo a la búsqueda de partículas diminutas que a ella. Les Horribles Cernettes fueron la sensación del festival, y «Collider» se convirtió en el himno de todos los físicos del CERN. El físico Tim Berners-Lee decidió publicar fotos de ellas en el nuevo sistema para clasificar información que acababa de inventar. Lo llamó World Wide Web. De ese modo se hicieron mundialmente famosas por protagonizar la primera foto subida a la red. Fueron el primer grupo de música en tener una página web. Incluso las invitaron a tu ciudad, Laila, para tocar en la Expo'92 de Sevilla. ¿A que no lo sabías?

—Es genial, yo he escuchado esa canción —añadió Angie antes de canturrear—. *You never spend your nights with me... You don't go out with other girls either... You only love your collider...** ¡Me gusta! Aunque sea del noventa y dos, sigue colgada en internet. ¡Tienes que escucharla, júnior! Pero, pobres Cernettes... Seguro que siguieron pasando las noches solas mientras sus novios investigaban sin parar. Por cierto —dijo cambiando totalmente de tercio—, tenemos que desviarnos del camino para recoger a Brian en Ginebra. Ya debe estar esperándonos.

El corazón me dio un vuelco al oír aquello.

Unos minutos más tarde nos deteníamos en la avenida que bordea el lago Leman.

Brian había sido puntual. Volvía a vestir sus shorts caquis y una camiseta fina. Estaba mucho más guapo que dos días antes... aunque también podía ser que ahora lo viera con otros ojos.

---

* «Nunca pasas las noches conmigo / Tampoco sales con otras chicas / Sólo amas tu colisionador.»

Puesto que los demás asientos ya estaban ocupados, no tuvo otra opción que sentarse a mi lado. Me puse a hiperventilar al sentirlo tan cerca.

Me saludó con una sonrisa mientras los otros seguían hablando de Les Horribles Cernettes.

—Al final no viniste a la clase del jueves —dijo.

Maldición, pensé, no sabía cómo esquivar esa bala. No quería reconocer que había salido con otro chico justo cuando debía estar en su clase. Desafortunadamente, Angie hizo el trabajo por mí.

—Laila dedicó la tarde y la noche a algo mucho más divertido que tu clase. Se fue a un concierto de jazz con un periodista que está cañón.

Brian me radiografió a través de sus grandes lentes. Creo que jamás había deseado con tanta intensidad que la tierra me tragara. Me pareció que él también se sentía incómodo. Tal vez sin darse cuenta, se separó unos centímetros de mí.

—Lo siento —fue lo único que se me ocurrió decir—. Unos amigos me habían comprado una entrada al concierto y no pude negarme.

—Ya entiendo que el jazz es mucho más divertido que los imanes superconductores del LHC.

—No creas, seguro que habría disfrutado más con tu clase.

Un calor en mis mejillas siguió a aquella confesión de la que ya me arrepentía. Al ver que me ponía nerviosa, Brian añadió con voz serena:

—Siempre nos quedarán nuestras sesiones. Debo cumplir la promesa que te hice.

Un cuarto de hora después llegamos a nuestro destino. El lugar de la barbacoa era una explanada en la otra orilla del lago con mesas y bancos. Un descuidado campo de futbol completaba aquel rincón perfecto para los domingueros.

Otros grupos del CERN ya hacían humear la carne en las parrillas mientras se refrescaban con botellines de cerveza. Reconocí a algunos asiduos a mi cafetería que me saludaron con simpatía.

Klaus y Arthur se ocuparon de descargar las provisiones, mientras discutían cuál era el mejor lugar para pasar la noche. Chantal y Pierre se unieron a ellos en aquel momento. Por su parte, Angie se acercó a saludar a un grupo de *post-docs* que se emocionaron al ver que se interesaba por ellos.

Brian se alejó discretamente del grupo, como si toda aquella alegría no fuera con él.

Seguramente yo fui la única que se dio cuenta, pues no le quitaba ojo de encima. Vi cómo, a la orilla del lago, se despojaba de sus lentes, de la camiseta y del pantalón hasta quedarse en bañador. Me sorprendió comprobar que su delgada cintura culminaba en unas anchas y fuertes espaldas. Como siempre llevaba camisetas anchas, no había imaginado que tuviera aquel cuerpazo.

Después de testar la temperatura del agua con un pie, se tiró de cabeza al lago. Nadaba con una rapidez asombrosa, y su estilo era comparable al de un olímpico.

No me apetecía quedarme con Chantal, y Angie andaba mariposeando en un enjambre de chicos, de modo que me dirigí discretamente hacia la orilla.

Me senté en una enorme roca, justo donde Brian había dejado su ropa. Hice un esfuerzo por contemplar los destellos del sol en el lago, pero no conseguía dejar de mirarlo.

Tras alejarse más de lo que era prudente, volvió a la orilla dando grandes brazadas. Verlo salir del agua fue todo un espectáculo.

Su torso estaba tan fibroso que se podían contar cada uno de sus abdominales. Con el pelo mojado y sin lentes, parecía el modelo de un catálogo de trajes de baño.

Se sentó a mi lado resoplando.

—No sabía que fueras un nadador profesional.

—Gracias, Laila —me encantaba oírlo decir mi nombre—, pero no lo soy. Sólo disfruto en el agua porque me hace sentir libre. Nado desde que era pequeño. Creo que es lo que más le agradezco a mi tío: que despertara en mí esta pasión.

Era la primera vez que Brian hablaba de sí mismo. Mientras lo hacía, se miraba las manos y yo escudriñaba su rostro, como si pudiera franquear los muros tras los que se protegía.

—¿Viviste con él? —le pregunté.

—Desde que tenía cinco años. Mis padres murieron en un accidente de coche y él tuvo que responsabilizarse de mí desde entonces.

Me quedé compungida con aquella respuesta. Brian me miró a los ojos, como si quisiera evaluar el efecto de sus palabras, y yo bajé la cabeza con pesar.

—Lo siento.

—Tranquila, eso sucedió hace mucho tiempo. Aunque el recuerdo que tengo de ellos sigue vivo. Eran una pareja fantástica, todos decían que habían nacido para estar juntos. Ambos eran maestros de niños difíciles en zonas de exclusión social.

—Y tu tío… ¿a qué se dedicaba? Por cómo lo has dicho, no parece que te llevaras muy bien con él.

—Joseph era el hermano de mi padre —explicó mientras se tumbaba boca arriba en la roca y cruzaba los brazos bajo su cabeza—. Eran como la noche y el día. Mi tío hizo una fortuna con sus negocios. Vivía con él en su casa de Boston, aunque quizá sería mejor definirla como mansión. Para él no fui más que una de sus muchas responsabilidades. Los únicos buenos momentos que recuerdo era cuando entrenábamos juntos en su piscina. Yo pasaba más tiempo con las mujeres del servicio que con él. Aunque no me podía encariñar con ninguna, ya que no duraban más de un año en el puesto. Se cansaban enseguida de su humor de perros. Es un cascarrabias y nada le parece bien.

Yo lo escuchaba fascinada. Tumbada a su lado, intenté imaginar en el lienzo del cielo aquella mansión de Boston.

—Y tú… —suspiró al girar su cuerpo para mirarme—. ¿Cómo te sientes aquí? ¿Qué tal con tus amigos sabelotodo?

—Aún me siento fuera de lugar —reconocí mientras me incorporaba para recostarme sobre los codos—. Sólo soy una mesera, pero siempre me rodeo de científicos… No sé si sabes qué quiero decir.

—Más de lo que imaginas… Eres una persona muy inteligente, Laila. Estoy seguro de que volverás al CERN, y no lo harás como mesera. Yo me siento como tú a menudo. Muchas veces he pensado que si mis padres no hubieran muerto en aquel accidente, no estaría aquí. Supongo que habría seguido sus pasos y me habría convertido en maestro, como ellos.

—Pero tú eres un científico excelente, todos los dicen.

—Eso no significa nada. Creo que habría sido más feliz ayudando a los adolescentes a encontrar su camino. Una vez, cuando tenía quince años, vino a verme un tipo bastante mayor que yo. Me contó que gracias a mis padres había dejado las drogas, cuando era apenas un adolescente, e incluso había logrado terminar la universidad. Aunque sabía lo del accidente, vino a decírmelo como si su agradecimiento pudiera llegar de algún modo a mis padres. En cuanto llegó mi tío, lo echó de casa de malas maneras. Joseph tenía decidido cada detalle de mi futuro y no quería que nadie más que él influyera en mí. Lo tenía todo programado: desde mis estudios en el MIT* hasta mi doctorado.

—Y también tu puesto de investigador en el CERN, supongo.

—No, venir aquí fue decisión mía. De hecho, Joseph no está nada contento con ello.

—¡Pero si este lugar es la meca para un científico!

—Mi tío hubiera preferido que siguiera en el Laboratorio Nacional de los Álamos, en Estados Unidos. Para él, que yo esté aquí es una especie de rebelión.

—¡Guau!… —me burlé un poco—. ¡Estás hecho un rebelde peligroso!

Justo entonces recordé mi sueño en el que Brian era un cabecilla de la resistencia que luchaba por mantener los avances científicos fuera del alcance de los militares. Quizá mi subconsciente lo había entendido mejor de lo que pensaba.

—He leído algo sobre el laboratorio de Los Álamos… Allí se creó la primera bomba atómica en el proyecto Manhattan —supuse que aquel siniestro historial y la orientación bélica del centro lo habían impulsado a marcharse—. Por cierto, ¿qué tipo de investigaciones hiciste?

Brian se incorporó de golpe y me tendió la mano para que me levantara.

—Será mejor que ayudemos a Klaus y Arthur con el almuerzo. Llega un olor a chamuscado de donde están ellos…

---

* Siglas del Massachusets Institute of Technology, prestigiosa universidad de Boston.

Me sorprendió aquel brusco cambio de conversación. Por unos momentos había creído atravesar sus defensas, pero ya volvía a levantar un muro infranqueable a su alrededor.

Intercambiando los roles de los cuentos tradicionales, me prometí que yo sería la primera princesa en rescatar a su caballero.

17. EL JUEGO

Agotados los chistes de la sobremesa, Brian y Klaus habían extendido un mapa de la zona para decidir donde pasaríamos la noche al raso. Me acerqué a la mesa para mirar el plano.

—Podríamos ir a ver la Villa Diodati —propuse—. Está a dos pasos de aquí.

—¿Una villa? —se extrañó Angie—. ¿Qué tiene eso de interesante?

—Fue la mansión de verano de lord Byron. Es precisamente allí donde Mary Shelley dio vida a su obra maestra: *Frankenstein*.

Brian me observaba… ¿fascinado?

—Vaya con la júnior… —me halagó Angie—. ¡Eres una caja de sorpresas!

Había hecho un trabajo sobre Shelley en clase de literatura. Me había fascinado que *Frankenstein* hubiera salido de un juego entre amigos como lord Byron, su médico y el propio marido de Mary, que era un famoso poeta. Tras discutir sobre los experimentos de un científico que aseguraba, en el siglo XVIII, haber revivido materia muerta, Byron propuso que cada cual escribiera una historia de terror. Así fue como Mary, inspirada por un sueño, escribió su novela más famosa.

—Me parece un plan terrorífico —dijo Arthur—. Puede ser genial pasar allí la noche. No necesitaremos la camioneta, está aquí al lado. Podemos ir andando.

—Si es donde nació la espantosa historia de *Frankenstein*, tiene que ser un sitio verdaderamente horrendo —protestó Chantal—. Mejor nos quedamos aquí.

—¡Ni hablar! —exclamó Klaus—. Esa novela está considerada el primer texto de ciencia ficción. Ya que estamos al lado del lugar donde se gestó, sería imperdonable no ir. Además no tiene por qué ser feo... Seguro que pasa como con el pueblecito de Gruyères, donde el queso. Es idílico y, sin embargo, de allí salió H.R. Giger, el artista gráfico y escultor que creó el monstruo de *Alien* y algunos escenarios de la película. Hay incluso un museo que pone los pelos de punta. Me alucina cómo las ideas más perversas y horribles pueden surgir en lugares paradisíacos.

—Estás loco como una cabra, Klaus —claudicó Chantal—. De acuerdo, veremos mansiones horribles a condición de que te calles.

Maldición, por unos momentos había esperado que la belga y su perrito faldero no nos acompañaran.

Efectivamente, la Villa Diodati no se encontraba muy lejos. Nos instalamos en un prado cercano para pasar la noche. Aunque ya había oscurecido, la silueta cuadrangular del caserón se perfilaba como una sombra amenazadora.

Arthur empezó a sacar las cervezas de su nevera portátil y las dispuso sobre un mantel de cuadros rojos con una lámpara de gas en el centro. Nos acomodamos todos alrededor de aquella improvisada mesa a ras de suelo.

—¿Y si hacemos algo entretenido? —propuso Chantal al cabo de un rato—. Podríamos jugar a la botella… Vamos, aparta ese farolillo, Arthur.

Animados por la cerveza, nos prestamos al juego. Éramos siete participantes: la pareja belga, Klaus, el inglés, mi compañera de habitación, Brian y yo. Eso sin contar el gatito negro que, tras asegurarse de que éramos inofensivos, husmeaba ahora las bolsas de comida.

—Haré girar la botella —explicó la belga— y, cuando se pare, la persona a quien apunte deberá escoger verdad o acción.

Había visto ese tonto juego en alguna teleserie juvenil, pero no me imaginaba que unos licenciados en física lo pusieran en práctica.

La botella empezó a girar. Recé para que no me tocara a mí. Tuve suerte, pues la primera víctima fue Arthur.

—Escoge… —le ordenó Angie—: ¿verdad o acción?

—Acción.

Su respuesta me sorprendió. Esperaba que el tímido Arthur prefiriera contar cualquier bobada antes que actuar.

—Muy bien —dijo Chantal, que seguía ejerciendo de maestra de ceremonias—. Ahora volveré a hacer girar la botella para ver quién decide la prueba de Arthur.

La botella volvió a girar velozmente hasta apuntar a Angie, que dictaminó:

—Tienes que darle un beso sensual a la chica que más te guste… de las que estamos aquí reunidas, claro.

Pobre Arthur, pensé, adivinando quién sería la escogida. El reservado inglés se acercó a mi compañera y la besó en el cuello.

—Era obvio —dije riendo—. Angie es por mucho la más guapa de todo el CERN.

Asustado por mi risa, el gatito que se había sentado a mis pies se acomodó ahora al lado de Brian.

—Pues a mí no me parece tan obvio… —gruñó Chantal.

Aquella pedante me tenía alucinada. ¿Cómo podía ser inteligente para las matemáticas y tan estúpida para la convivencia en el día a día?

Klaus repartió otra ronda de cervezas. Parecía disfrutar de aquella bobada de juego y quería animar el ambiente.

Puesto que Chantal seguía enojada, fue la misma Angie quien volvió a hacer girar la botella. Mientras se decidía la próxima víctima, pensé que ojalá le hubiera tocado a Brian esa acción. Así habría sabido si sentía algo por mí, o si yo era para él nada más la júnior a la que hay que instruir.

Como si el azar me hubiera leído el pensamiento, la botella se detuvo frente a Brian.

—Verdad.

Aguanté la respiración.

La botella volvió a girar para escoger al autor de la pregunta comprometida: Chantal.

—¿Crees en el amor verdadero? Y lo más importante… ¿lo has conocido? Responde a eso.

Klaus resopló, aburrido. Aquel juego era para cruzar barreras y poner en un compromiso a la gente. A mí, sin embargo, me interesaba muchísimo lo que Brian pudiera responder.

—Por supuesto que creo en el amor verdadero. Lo viví cuando tenía doce años —ignoró las risitas entre Arthur y Klaus—.

Estaba jugando al escondite con otros niños en el pueblo de mis abuelos. Me metí por un callejón oscuro y choqué con Mery, una niña que siempre me había gustado pero nunca me había atrevido a hablarle. Me ordenó silencio llevándose el dedo índice a los labios y me cogió de la mano antes de echar a correr para que no nos encontraran. Recuerdo como si fuera ahora la calidez de su piel, cómo su mano me sujetaba con fuerza. Me dije que un mundo donde se podía sentir aquello tenía que ser hermoso a la fuerza.

Klaus hizo algún comentario estúpido a Arthur, que se rio por lo bajo.

A mí aquella revelación me heló la sangre. ¿Qué habría sido de aquella chica? Quizá era su novia y no me había dicho nada. Tampoco se me había ocurrido preguntarle si había alguien esperándole en algún lugar.

Angie se encargó de verbalizar esa duda que torturaba mi mente.

—¿Y qué ocurrió con aquella princesa?

—Aquel mismo año le diagnosticaron un tumor cerebral —contestó Brian con tristeza—. No llegó con vida al siguiente verano.

Por unos segundos nos quedamos mudos. Si antes se me había helado la sangre, ahora sentía que se cristalizaba en las venas. Por fin entendía por qué aquel chico, que ahora acariciaba al gatito negro, era tan reservado.

Chantal era la única que podía sobreponerse rápidamente ante un jarro de agua fría como aquél, así que volvió a hacer girar la botella.

En esta ocasión le tocó a Angie, que no dudó en escoger acción. Pierre fue el encargado de decidir su prueba:

—Besarás en los labios a quien decida la botella, aunque sea una chica.

Klaus se frotó las manos, encantado con el rumbo que estaba tomando el juego, y le pegó un codazo a Arthur.

Luego la botella volvió a girar hasta detenerse frente a Brian.

Aguanté la respiración. ¡No podía ser! Angie no lo haría, me dije para calmarme. Ella sabía lo que yo sentía por él. Aunque no habíamos hablado sobre el tema los últimos días, sabía de nuestra cita una semana antes.

Sin embargo, animada por la bebida, Angie se levantó con actitud de *femme fatale*. Se aproximó a Brian como un depredador a punto de saltar sobre su presa.

—Mucho mejor así —dijo ella mientras le quitaba los lentes.

Acto seguido le besó los labios y se entretuvo más de lo que hubiera sido necesario. Brian, aunque no le dio juego, tampoco se apartó.

Me quedé muerta. Noté cómo el alma se me derrumbaba. El velo que me había cegado había caído revelando lo obvio. Me había negado a creerlo la noche que Brian y Angie habían discutido de física en la habitación, pero acababa de comprobar que estaban hechos el uno para el otro.

A mi lado, Arthur se había quedado tan perplejo como yo. No dudé que a él también le había dolido aquello.

Para luchar contra el dolor que me paralizaba, hice rodar la botella con rabia. Quería romper lo antes posible la situación insoportable que se había creado.

Esta vez fui yo la elegida.

—Acción —dije sin vacilar antes de que nadie preguntara.

Klaus fue el encargado de decidir mi prueba. Yo seguía mirando fijamente la botella, no quería ver ni a Brian ni a Angie. Di un buen trago a mi cerveza, tratando de fingir que no había pasado nada.

—Vamos a echarle un poco más de morbo a la noche —rio Klaus mientras sacaba un dado de su bolsillo—. Te quitarás tantas prendas como marque el dado, y tendrás que quedarte así hasta que termine el juego.

Acto seguido lanzó su dado, que marcó un cinco. ¡Un cinco! No llevaba suficientes piezas de ropa para salir airosa de aquella prueba.

—Ahí van dos —dije tirando las chanclas al centro del mantel alrededor del que estábamos sentados.

Tras ponerme de pie, a continuación me quité la camiseta de tirantes y las bermudas, bajo la mirada absorta de los chicos, hasta quedarme en bikini. Con aquellas dos prendas tan sólo sumaba cuatro. Para cumplir, no tenía otra opción que quitarme la parte de arriba. Dudé por unos instantes.

—Tranquila, júnior —se mofó Chantal—. Total, puesto que aquí la única guapa es Angie, nadie se va a entusiasmar por verte en *topless*.

Sus palabras me enfurecieron, pero a la vez me dieron coraje. Estaba a punto de quitarme la parte de arriba, cuando Brian me detuvo:

—Piensa que los pendientes también cuentan como prenda, Laila.

Lo miré directamente a los ojos; no se había vuelto a poner los lentes. En la penumbra, su mirada de preocupación disipó al instante mi enfado, a la vez que aumentaba mi confusión.

—Eres todo un *gentleman* —lo elogió Angie—. Pudiendo desnudar a una bonita chica del sur, la salvas gracias a un minúsculo pendiente.

—Lo que eres tú es un aguafiestas —lo interrumpió Klaus mientras servía otra ronda de cervezas.

Lancé uno de mis pendientes encima de mi camiseta y me senté en silencio, consciente de que estaba roja como un tomate. Dirigí una sonrisa forzada a Brian a modo de agradecimiento. Luego volví mi mirada al suelo mientras acariciaba al gatito negro, que jugueteaba de nuevo entre mis piernas como si hubiera sentido que necesitaba cariño.

Deseaba que aquel estúpido juego acabara de una vez. Pero Chantal se ocupó de continuarlo. Brian fue de nuevo la víctima y, como antes, escogió verdad. Él mismo impulsó la botella para que eligiera la persona que debía interrogarlo.

Me tocó a mí.

Tuve que estrujarme el cerebro para encontrar una buena pregunta. Como no era capaz de pensar nada ingenioso, le formulé la más típica en un juego:

—¿A quién, de los que estamos aquí, te llevarías a una isla desierta?

Klaus volvió a resoplar. Otra oportunidad perdida para su gusto, aunque la respuesta iba a ser decisiva para mí. Lo miré fijamente y se quedó paralizado unos segundos, con sus ojos perdidos en los míos. Después bajó la mirada y, señalando al felino, que dormitaba entre mis piernas, contestó:

—Me llevaría a ese gato.

18. MALDITO AMOR VERDADERO

Unas gotas de lluvia empezaron a caer sobre nosotros, acabando con aquel estúpido juego.

Tuvimos que levantarnos a la carrera para recoger las mochilas y las bolsas. Yo recuperé mi ropa y me vestí a toda prisa. El plan de dormir al raso, al lado de aquella mansión fantasmal, se había venido abajo. En pocos minutos ya llovía a cántaros.

Llegamos a la camioneta empapados. Subí apresuradamente para ponerme a refugio. Brian se sentó a mi lado.

La misma situación que a primera hora de la mañana me había emocionado, ahora me incomodaba. Claro que entonces Brian todavía no había reconocido que preferiría llevarse un gato a una isla desierta antes que a mí. Estaba furiosa. No con él, sino conmigo misma, por haber sido tan estúpida al pensar que podía atravesar sus muros defensivos. Y más aún por creer que detrás de ellos existía la posibilidad de que sintiera algo por mí.

Me dediqué a mirar por la ventana para esquivar cualquier tipo de conversación, aunque estaba tan oscuro que no se veía nada.

—Han estropeado la noche con tanta cursilería —protestó Klaus al volante—. Son sus preguntas tontas las que han provocado este tormentón. ¡Maldito amor verdadero!

—Vaya científico de pacotilla estás hecho —se burló Chantal—. Deberías repasar la tercera ley de Newton, la de acción y reacción.

—Menos científicas son ustedes —se defendió— con tanta preguntita azucarada. ¿Acaso no saben que el enamoramiento no es más que un coctel de sustancias bioquímicas?

—Además provocan dependencia —añadió Arthur—. En serio, lo leí en un artículo de neurología. Cuando te enamoras, en tu cerebro se activa el área llamada *tegmental ventral,* que se encarga de segregar la famosa dopamina. Es también el neurotransmisor responsable de las adicciones.

—Por suerte —añadió Klaus—. Tal y como decía Ortega y Gaset: «ese estado de imbecilidad transitoria no puede mantenerse bioquímicamente por mucho tiempo».

—¡Ay, qué románticos! —ironizó Angie—. Y nuestro doctor… ¿qué opina?

—Esa clase de amor no es el más sano —puntualizó Brian—. Existen otras clases, por ejemplo el amor a la ciencia, mucho más estable y menos peligroso. Las matemáticas no engañan.

—Pero los matemáticos y físicos sí —intervino Angie—, y se equivocan como el resto de los humanos. Lord Kelvin, presidente de la Royal Society, aseguraba que las máquinas voladoras más pesadas que el aire eran imposibles. También lo sufrió Graham Bell: cuando presentó el primer teléfono, la Cámara de los Comunes despreció su invento diciendo: «Los norteamericanos necesitan este invento, pero nosotros no. Tenemos muchos chicos mensajeros».

—Esa es buena —dijo Brian—, pero insisto: es mucho más sencillo comprender la ciencia que el amor romántico.

—¿Por qué? —repuso Angie—. El método de la prueba y el error es infalible. Cuando coges la mano o besas a alguien, sabes enseguida si es o no la persona adecuada.

Aquella conversación me estaba poniendo de nervios. ¿A qué se refería Angie? ¿A aquella niña muerta o a sí misma cuando lo había besado?

—Precisamente ése es uno de los problemas —añadió Brian tristemente—. Una vez que conoces a la persona adecuada, el resto de posibilidades desaparecen.

No podía aguantar más. Se me había hecho un nudo espantoso en la garganta. Estaba totalmente fuera de aquella discusión, y era consciente de que también lo estaba de la mente de Brian. Noté cómo una lágrima resbalaba por mi mejilla, pero estaba segura de que la oscuridad me protegía.

—Entonces confías más en los protocolos científicos que en lo que te pueda expresar una persona enamorada.

Sentada junto al conductor, Angie se había girado para escupirle aquellas palabras a Brian justo en el momento que las luces de un coche en dirección contraria iluminaban mi rostro. Estaba segura de que me había visto sollozar fugazmente.

—Supongo que así es.

—Entonces —siguió ella con un tono que supuraba veneno—, debo suponer que te sientes más cómodo haciendo armas de destrucción masiva, ¿verdad?

No entendí a qué venía aquello, pero Brian se quedó completamente mudo ante el último ataque de mi amiga. Como noqueado por KO, no volvió a abrir la boca en el resto de viaje.

Acto seguido, Arthur y Pierre monopolizaron la conversación hasta que llegamos al CERN.

Klaus propuso seguir la fiesta en su habitación, pero yo corrí a refugiarme en mi cuarto.

Tras arrojar la ropa al suelo, me metí en la cama deseando olvidar cuanto antes aquella noche aciaga.

Estuve dando vueltas hasta la desesperación, pero no conseguía conciliar el sueño. En mi mente se proyectaba una y otra vez la imagen de Angie y Brian besándose, mientras el gato negro observaba la escena.

Finalmente, me levanté bañada de sudor y me senté frente a la computadora de mi compañera. Necesitaba distraerme con cualquier cosa.

En la computadora vi la página web que Angie había dejado abierta antes de salir de excursión. Contaba una anécdota graciosa de Landau, el famoso físico soviético. Se trataba de una discusión que había tenido con Trofim Denisovich Lysenko, un biólogo defensor del llamado darwinismo creativo.

Tras escuchar los argumentos de Lysenko, que defendía que los rasgos adquiridos son hereditarios, Landau le preguntó:

«Entonces, usted afirma que si le cortamos una oreja a una vaca, hacemos lo mismo a su cría, y así con las demás generaciones, llegará el momento en el que comenzarán a nacer vacas sin una oreja, ¿verdad?».

«Si, así es», le contestó Lysenko.

«Entonces, ¿cómo es que siguen naciendo mujeres vírgenes?», preguntó Landau.

Reí con ganas al leer aquella anécdota y agradecí de corazón que aquel científico guasón me distrajera de mis cábalas por un instante.

Justo entonces llegó Angie y se sentó a los pies de mi cama.

—¿Cómo estás, júnior?

—He tenido momentos mejores.

Haciendo un esfuerzo por sonreír, me dije que ella no tenía la culpa de que Brian no sintiera nada por mí. Tampoco podía culparla por ser tan guapa e inteligente. Suspiré antes de añadir:

—Tú que eres una física teórica tan brillante…, ¿tienes la fórmula del desenamoramiento?

Angie abrió mucho los ojos, como si no pudiera creer lo que estaba oyendo.

—¿Acaso no te ha bastado con lo que viste hoy? Mira que ya te avisé… No te conviene enamorarte de un científico —mientras me aleccionaba se desvistió para acostarse—. ¿No conoces la primera ley de la termodinámica? Nada se pierde, todo se transforma. Es decir, un clavo quita otro clavo. Lo que debes hacer es ligarte de una vez al suizo y hacer lo que sea para que Brian se entere… Buenas noches, júnior.

Tras aquel consejo, apagó la luz.

Abatida, me dije que tenía toda la razón del mundo. Había rechazado a Alessio por amor a Brian, pero estaba claro que no era correspondida. Lo mejor que podía hacer era invertir mi energía en algo mejor: dejar de soñar con príncipes azules y apreciar lo que tenía delante de mis narices. De lo contrario, sólo perdería la virginidad si, contradiciendo a Landau, ya hubiera nacido sin ella.

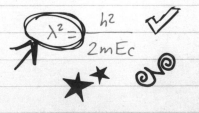

$$\lambda^2 = \frac{h^2}{2mE_c}$$

19. LA PARTÍCULA MALDITA

PARA: MAMI
ASUNTO: CRÓNICAS DEL CERN III

Querida mami,

¡Bienvenida al mundo virtual! Estoy muy contenta de ser yo quien recibe el primer email de tu vida ;—b

Hoy ha estado lloviendo todo el día. Ginebra tiene ese inconveniente. Es bonita porque todo está verde, pero hay que pagar un precio. Por ejemplo, la lluvia nos arruinó el campamento de ayer.

El trabajo en el restaurante marcha bien. Ya lo tengo todo bajo control. Si al final no puedo estudiar, siempre me podré ganar la vida de mesera (es broma, tranquila, sigo con el plan de ir a la universidad ;—))

¿Sabes? El martes pasado descubrí que en el auditorio del CERN hay un piano de cola. El jefe me hizo trabajar en el cátering de un congreso y aproveché para entrar cuando ya no quedaba nadie. Tenía curiosidad de ver cómo era aquella sala que concentraba a tantos cerebritos... y ¡allí estaba! En un lateral del escenario, cubierto con una lona.

Tras asegurarme de que todos se habían ido, cerré la puerta y toqué la única canción que me sé de memoria. Me la has oído mil veces en casa. *No Holly for Miss Quinn*, de Enya. Sonaba muy bien en aquel Petrof centenario.

Es una pena que dejara de estudiar música. Quizá retome el piano cuando vuelva a casa, así que... ¡vete afinándolo! ¿Te acuerdas de que compuse algunas canciones?

Tengo otra anécdota para que se la cuentes a papá, es de las que le gustan. Ya sabes que uno de los objetivos de nuestro acelerador de partículas, el LHC, es encontrar una diminuta partícula llamada el bosón de Higgs. Se ha hecho muy famosa gracias a su popular apodo: «La partícula de Dios».

A pesar de ser tan pequeñito, ese *bosón* trae de cabeza a todos los científicos, pues hasta que no lo encuentren no podrán entender la verdadera naturaleza de la materia. Es la partícula encargada de dar masa a las cosas. Viene a ser como un repartidor de kilos. Pero no se lo digas así a papá o le agarrará ojeriza, que está harto de hacer dieta ;—)

Bueno, al grano: Hoy leí una entrevista a Peter Higgs, el tipo que hace medio siglo propuso la existencia de esta partícula. Al parecer, no le hace mucha gracia que le hayan puesto su apellido, él prefiere llamarlo «el bosón que lleva mi nombre».

Ese apodo *divino* se lo puso el premio Nobel Leon Lederman en su libro *La partícula de Dios: Si el universo es la respuesta, ¿cuál es la pregunta?* La verdad es que Lederman la quería llamar «la partícula maldita», pero a su editor no le gustó y decidió cambiarlo a su antojo. Probablemente acertó, pues con ese apodo ha causado furor en los medios de comunicación.

Por cierto, y cambiando de tema, el próximo miércoles mi amigo suizo (sólo es un amigo…), del cantón de Ticino, me ha invitado a una cena en un viejo observatorio de Ginebra. Ya lo sé, es un lugar extraño para cenar, pero me ha dicho que podremos usar los telescopios antiguos. Yo no sé mucho de astronomía, así que me despierta curiosidad.

El miércoles acuérdense de mí y dirijan su mirada al cielo a eso de las diez. Piensen que estaremos viendo las mismas estrellas, será una manera de estar juntos en la distancia.

Te quiero mucho mamá y los echo mucho pero mucho de menos, más de lo que se pueden imaginar.

Dale un beso a la abuelita,

Laila

20. NADIE DIJO QUE FUESE SENCILLO

Sólo faltaban cuarenta minutos para que se acabara mi turno cuando el encargado me llamó.

—Laila, la tarde está siendo tranquila. Acércate un momento, que quiero hablar contigo.

Al principio su tono de voz me preocupó, pero enseguida recordé que la última vez había puesto la misma cara seria antes de felicitarme.

—¿Ya tienes claro lo que vas a hacer cuando empiece el curso? —me preguntó con un tono paternal—. Si al final decides no comenzar la universidad, quizá te agrade saber que aquí, en el restaurante, tienes el puesto asegurado. Lo he estado pensando y te podría hacer un contrato con unas buenas condiciones, por supuesto mucho mejores que las de ahora.

—Muchísimas gracias, *monsieur*. Me siento halagada, pero lo cierto es que sigo con la intención de ir a la universidad. Aunque su oferta es muy amable... Podría venir el próximo verano, si el puesto sigue vacante.

El encargado se colocó, como acostumbraba a hacer, uno de los paños de cocina sobre el hombro.

—No creo que tenga esa suerte. Eres una chica muy inteligente, y estoy seguro de que la próxima vez que vengas al CERN te veré sentada con el resto de científicos. Pero, pase lo que pase, siempre tendrás un lugar aquí. Quería que lo supieras. Nunca he visto a un mesero con tu capacidad de adaptación. ¡Y pensar que cuando llegaste ni siquiera sabías distinguir una cerveza de un agua con gas!

Me entraron ganas de darle un sonoro beso en la mejilla a aquel cascarrabias. Por supuesto, no me atreví a hacerlo.

—Muchas gracias —le dije tomando su mano arrugada entre las mías—. A pesar de que todos lo consideren un ogro, en el fondo es usted un sol.

Por primera vez lo vi reírse.

Aquella muestra inesperada de afecto fue un bálsamo para mi tristeza. Desde el desengaño de la barbacoa, mi estado de ánimo no lograba remontar el vuelo. Ciertamente, la invitación de Alessio me había alegrado, pero en mi interior estaba consciente de que lo estaba utilizando para alejar a Brian de mis pensamientos.

Había decidido hacer caso a mi compañera de cuarto: un clavo quita otro clavo. Aunque me sentía culpable por ello. ¡Uf! Seguía hecha un lío. Necesitaba que Angie me inyectara un poco de confianza antes de salir aquella noche.

Estaba apoyada en la barra, mirando las musarañas, cuando llegó Brian. Era la última persona a la que deseaba ver en aquel momento. Aunque eso lo decía el cerebro, ya que el corazón se me puso a cien y por unos instantes noté cómo el aire no llegaba correctamente a mis pulmones.

Casi temblando, le di la espalda y me apliqué a sacar brillo a la máquina de café. Era una actitud ruda, pero esperaba que él entendiera que no estaba de humor para hablar.

Brian podía ser un científico extraordinario, pero no cazaba una directa tan clara. Se me acercó por detrás y me llamó con su voz suave y profunda.

Mientras me volteaba más tiesa que el monstruo de Frankenstein, el estadounidense habló como si no hubiera pasado nada cuatro días antes:

—¡Qué concentrada estás!

Aquello me sacó aún más de mis casillas. Tuve que hacer un esfuerzo para controlarme. Mi respuesta fue de lo más seca.

—Tengo que ganarme el sueldo.

Me costaba horrores disimular mis sentimientos cuando lo tenía delante.

Vi cómo analizaba mi reacción. Yo odiaba aquello. Era incapaz de atravesar los muros de Brian, de saber qué pensaba o qué sentía, y sin embargo tenía la sensación de que yo era un libro abierto para él. ¿Habría leído lo enamorada que estaba de él? ¿Era compasión por mí lo que reflejaban sus ojos? ¿Sentía lástima por no poder corresponder a la inocente júnior?

Traté de sobreponerme empleando un tono estudiadamente frío y neutro.

—¿Qué quieres que te sirva?

—Mi reino por uno de esos cafés que preparas tan bien.

Dicho esto, sonrió y fue hasta una mesa de la cafetería. Allí sacó sus papeles llenos de garabatos incomprensibles.

Me empleé a conciencia en un delicioso *cappuccino* y se lo llevé a la mesa con la rigidez de un mayordomo inglés. La taza humeante aterrizó en su mesa sin emitir un solo ruido. Me disponía a volver a mi sitio con el mismo sigilo, cuando Brian me detuvo.

—Quería proponerte algo. En diez días hay una visita programada para un grupo de españoles y había pensado que tú puedes hacer de guía.

—Pero... ¡si no he podido asistir a ninguna clase! —dije intimidada por aquella propuesta—. No sabría qué contarles.

Brian me miró fijamente con aquellos ojos que me desarmaron.

—Eso no es problema. Si quieres, quedamos un par de días y te explico todas las anécdotas que divierten a los visitantes. Por el resto, créeme, sabes mucho más de lo que piensas.

Al terminar de decir aquellas palabras, su expresión mudó rápidamente de la placidez a la incomodidad. Un segundo más tarde comprendí el por qué.

Alessio había entrado en la cafetería y me capturó con el brazo como un pulpo mientras retaba a Brian con la mirada.

—Según mis cálculos deben faltar diez minutos para que te suelten, bambi.

Antes de que pudiera responder, Brian ya se había levantado de la mesa y, tras recoger sus cosas, abandonó el restaurante.

—¿Acaso no sabes que es de mala educación interrumpir de ese modo? —le reñí molesta.

A pesar de todo, una parte de mí se alegraba de que Brian me hubiera visto con mi guapo amigo suizo. Angie había acertado también en ese punto: según ella, si me enredaba con Alessio, debía dejar que Brian se enterara. Era cruel, lo sabía, pero ese plan aligeró mi sentimiento de inferioridad frente a aquel científico inalcanzable.

—Es la segunda vez que te salvo de las garras de ese calculín.

—Muchas gracias caballero-salva-princesas-en-apuros, pero espérame fuera si no quieres que me gane otra bronca del encargado.

—Tus deseos son órdenes para mí, princesita.

Acto seguido, saludó a un grupo de estudiantes que tomaban cervezas en la terraza y se apostó en una mesa vacía para jugar con su iPad.

En una más lejana estaba Klaus con un par de *summer students*. Salí en mis últimos minutos de trabajo para preguntarles si querían algo más. Mi amigo alemán llevaba una divertida camiseta estampada con la frase «Nadie dijo que fuera sencillo», firmada por Dido, la figura de Seven Up.

—Estoy harto de transformaciones matemáticas —bramó Klaus haciéndome un gesto para que me sentara—. Tómate una cerveza con nosotros y haz que estos dos cambien de tema. Si vuelvo a escuchar la palabra *hamiltoniano*, me pego un tiro.

Mi turno casi había terminado, así que me permití el lujo de sentarme con ellos.

—Bueno, espero que a tu novio no le importe… —añadió Klaus con malicia mientras señalaba con la cabeza al suizo.

—¿Mi novio? Alessio no es mi novio, sólo es un amigo.

—Sí, claro, pero esa cara de «no-te-acerques-a-mi-novia» no se la quita nadie.

—No digas bobadas, Klaus.

—Yo sólo te advierto. Actúa como un celoso macho italiano. Déjale las cosas claras o atente a las consecuencias.

Ignorando a Klaus y a sus amigos hamiltonianos, terminé de hacer corte de caja antes de limpiar las últimas mesas.

Al pasar por la que había ocupado Brian me di cuenta de que, con las prisas, se había olvidado la carpeta con sus papeles. La recogí para dársela la próxima vez que se dejara caer por allí.

Luego fui a cambiarme de ropa al almacén bajo una bombilla pelada. Guardé la carpeta de Brian en mi mochila y saqué la ropa para cambiarme.

Por segunda vez, Angie me había sometido a una sesión intensiva de estilismo.

Me abotoné el fino vestido de algodón que me había dejado. Era sencillo pero muy bonito, de un rojo intenso que realzaba mi piel morena.

Al mirarme en el espejo que usábamos para cambiarnos, di una vuelta completa. No me quedaba nada mal. Tenía que dar la razón a Angie, que me había insistido: «¿Acaso no te das cuenta del efecto que causas en los chicos?».

Sin duda pretendía animarme. De lo que sí era consciente era del efectazo que ella causaba en todos. Suspiré resignada.

Me maquillé un poco los ojos y eché un vistazo a mis piernas. Angie estaba contenta de que me las hubiera dejado depilar enteras. Según ella, significaba buena predisposición por mi parte, aunque haber rechazado su conjunto de encaje negro no presagiaba un final memorable.

Metí la nariz bajo el escote para mirar por última vez mi sujetador blanco. No era tan sexy como el que Angie quería encasquetarme, pero tampoco tenía intención de enseñárselo a nadie más que a mi alocada amiga.

Por último, saqué de mi mochila unos zapatos de medio tacón. Eran muy bonitos y servían incluso para caminar: era posible andar con ellos sin desnucarse.

«Si llevas tus sandalias planas, pensará que no quieres nada con él —había dicho Angie—, y esta noche es la definitiva: tienes que enrollarte con Alessio o no te dejo entrar en nuestra habitación».

Aquel ultimátum me impulsó a salir del almacén para encontrarme con mi cita. Antes metí mi uniforme de trabajo en la mochila y volví a ver los papeles de Brian que había guardado justo antes.

—Incluso esta noche quieres estar presente, ¿verdad? —le hablé a la carpeta—. ¡Pues no pienso hacerte ni caso!

Me cargué la mochila en la espalda mientras me preocupaba que se convirtiera en una costumbre aquello de charlar con objetos inanimados. ¿Se me estaría contagiando la locura de los científicos?

Al salir del restaurante, Alessio ya me esperaba recostado contra su moto. No disimuló su alegría al verme tan arreglada, al contrario de lo que había hecho Brian en nuestra primera cita... si es que a aquello podía llamarse cita.

—Vas a estropear esta noche, bambi. El plan era ver las estrellas, pero las eclipsarás a todas.

alessio.lugano @ gmail.com

21. EL ORIGEN DE UN UNIVERSO

Cuando llegamos a lo que había sido un observatorio de astronomía, un hombre diminuto nos esperaba en la puerta. Debía de rondar los treinta años.

Alessio lo abrazó y hablaron en italiano entre ellos. Entendí que mi acompañante le daba las gracias por facilitarle las llaves de aquel edificio en desuso. El hombrecillo le guiñó el ojo antes de alejarse calle abajo.

Me sentí un poco incómoda. ¿Quién le habría dicho Alessio que era yo? La sonrisa pícara con la que nos había despedido hizo que me pusiera en guardia.

Mis reticencias se desvanecieron tan pronto como entramos en el observatorio. Estaba lleno de reliquias de la ciencia. La planta baja albergaba una especie de museo de historia de la astronomía. Pude reconocer un astrolabio y una esfera armilar. La identifiqué porque la había inventado Eratóstenes, un científico sobre el que había hecho mi trabajo de investigación en la preparatoria.

Aquel artilugio compuesto de anillos móviles se utilizaba para mostrar el movimiento de las estrellas alrededor de la Tierra. En la Edad Media era un símbolo de sabiduría. Por eso es muy común encontrarlos en los retratos de la gente rica de la época.

—Sabía que esto te encantaría —dijo Alessio, satisfecho con el efecto que aquel pequeño museo había producido en mí.

La sala circular estaba tenuemente iluminada, pero la figura esbelta de mi acompañante emulaba la de un héroe de Julio Verne a punto de acometer una proeza. De hecho, tras la cita en el club de jazz, algo así era lo que pretendía esa noche.

Por unos momentos me perdí en sus ojos castaños. Una atracción puramente física me arrastraba irremediablemente hacia él.

«Me sería tan fácil besarlo ahora mismo…», me dije.

Finalmente me mordí el labio y me contuve. Para evitar hacer una tontería, desvié mis ojos de los suyos y seguí inspeccionando las piezas de aquel solitario museo.

—Has escogido un sitio ideal para esta noche —lo alabé—. Jamás me habían preparado una cita como ésta.

Sobre un pilar en el centro de la estancia había un sistema solar en miniatura. Yo había leído que aquella representación no estaba hecha a escala, ni de lejos. Lo tomé del brazo para acercarlo hasta aquella maqueta de nuestro pedacito de galaxia.

Presionó suavemente mi mano mientras yo le explicaba:

—¿Sabías que los mapas de nuestro sistema solar son un engaño? Sitúan los planetas y lunas a muy corta distancia para que las ilustraciones quepan en las hojas de nuestros libros.

—No tenía ni idea.

Lo había aprendido en un libro de divulgación científica muy entretenido: *Una breve historia de casi todo*. Las comparaciones que empleaba el autor me habían llamado tanto la atención que las recordaba de memoria.

—Imagínate que la Tierra tuviera el tamaño de un chícharo —le expliqué entusiasmada—. Júpiter estaría a trescientos metros, ¡tres campos de futbol! Y Plutón deberíamos situarlo a dos kilómetros y medio de distancia en el plano. Además, si nos atenemos al tamaño proporcional de los planetas, entonces Plutón sería como una bacteria. Resultaría invisible en el mapa. ¡El sistema solar es realmente enorme! Me siento tan pequeña cuando lo pienso...

—¿Lo ves? Por eso te llamo *bambina*, mi niña —acto seguido me indicó la puerta de un viejo ascensor—. Ya podemos subir.

Desde el segundo piso, se accedía a la cúpula por una escalera de caracol.

En cuanto llegamos arriba, me quedé hipnotizada y abrí la boca como una tonta. La bóveda del telescopio estaba iluminada por un círculo de pequeñas velas que daban un toque mágico a aquel escenario.

Bajo una franja abierta a la noche estrellada, había una mesa con mantel y dos sillas. El amigo de Alessio se había encargado de prepararlo todo con gran mimo.

Me quedé paralizada justo en el último escalón de la escalera de caracol.

—¿Te gusta? —preguntó el suizo mientras jalaba suavemente de mi mano.

—¡Esto es increíble! Es precioso, Alessio, nunca me habían invitado a una cena tan especial... ¿O debería decir espacial?

Nos acercamos al gran telescopio, pasando de largo la mesa en la que nos esperaban dos botellas de vino Chianti. Alessio me ofreció el ocular para que observara el espectáculo que se cernía sobre nuestras cabezas.

—Está orientado hacia el único planeta casado. Adivina cuál es…

Me dispuse a mirar por el telescopio sabiendo de antemano el planeta que me encontraría.

—¿Casado? Lo dices por el anillo… ¡Es Saturno!

—Así me gusta, bambi, que seas la más lista de la clase.

Dicho esto, me pasó el brazo por la cintura y me condujo suavemente hasta la mesa, donde titilaba la llama de una vela. Eché un vistazo de admiración a los platos: había un carpaccio con rúcula y pesto de primero.

Alessio descorchó el vino y llenó dos copas de fino cristal. Levantó una de ellas a modo de brindis.

—Por una velada perfecta.

Brindé con él y bebí un poco de vino sin romper el contacto visual.

—¿Sabes qué? —confesó—. Me alegro de hacer aquí las prácticas, en vez de recorrerme los campos de futbol italianos.

—Pensaba que odiabas este lugar y a todos sus científicos… —le dije para molestarlo.

—Tengo que reconocer que al principio no me gustaba todo esto, pero cada día me siento más atraído por la ciencia y sus anécdotas.

Levantó nuevamente la copa para hacer otro brindis silencioso. Entendí que su estrategia pasaba por que yo bebiera más de la cuenta. Le seguí el juego, aunque empecé a comer para evitar que el vino me subiera demasiado a la cabeza. Alessio siguió con su discurso:

—De hecho, cuando mirabas por ese telescopio me he dado cuenta de algo muy importante —se quedó unos segundos en silencio para darle más énfasis a sus palabras —: ¡La ciencia es sexy!

No pude evitar sonrojarme. Bebí un poco más de Chianti para diluir aquella timidez que me había embargado.

—Sólo soy una mesera, ¿recuerdas?

Alessio volvió a llenar nuestras copas. Sus movimientos eran firmes y controlados. No parecía que el vino hiciera mella en él.

—Eso no es cierto. He visto la Moleskine que llevas siempre contigo para apuntar lo que ves por el CERN. Apuesto lo que quieras a que, en las tres semanas que llevas aquí, has aprendido mucho más que yo, que me he dedicado a entrevistar a científicos locos.

Dirigí la mirada instintivamente hacia la mochila donde reposaba mi libreta, y el recuerdo de la carpeta de Brian volvió a mí. «Mierda», me dije, «ahora no, no quiero recordarle, no quiero que me estropee la noche». Sacudí la cabeza, como si con ese gesto pudiera desprender la imagen de Brian de mi memoria.

—¿Tienes frío? —preguntó.

—No te preocupes, sólo ha sido un escalofrío momentáneo —mentí.

Traté de concentrar toda mi atención en su cara, lo cual no era tan difícil. Diablos, ¡aquel chico era realmente guapo!

—En cierto modo, te tengo envidia —prosiguió—. Al menos tú te llevarás a casa lo más bonito que el ser humano puede poseer: el conocimiento del universo. Yo tengo miedo de irme de aquí con las manos vacías.

—Pero... ¡qué dices! Estás entrevistando a importantes científicos que te exponen sus teorías. Yo te cambiaría el trabajo con gusto...

—En realidad, los periodistas preguntamos mucho, pero no profundizamos en nada. Es muy habitual que uno piense en la lista de las compras mientras el entrevistado echa el gran rollo. ¿Sabes por qué Einstein se hizo tan famoso en 1919?

Negué con la cabeza mientras me llevaba el vino a los labios. Alessio se había salido con la suya. Ya estaba borracha.

—Al terminar la primera Guerra Mundial, el *New York Times* oyó campanas sobre la relatividad y decidió mandar un periodista a entrevistar a Einstein. Por insólito que parezca, enviaron al corresponsal de golf de su plantilla, un tal Crouch, que no sabía nada de aquel asunto y lo entendió todo al revés. Entre las barbaridades que escribió en su reportaje, afirmó que Einstein había encontrado un editor para publicar un libro que sólo doce personas podían entender. La imaginación popular estrechó aún más ese selecto círculo y corrió el rumor de que, de hecho, únicamente había tres hombres en el mundo que entendieran la relatividad. Cuando preguntaron a Eddington, un astrónomo inglés, si era uno de los elegidos, meditó un instante y luego contestó: «Espere, estoy pensando quién puede ser la tercera persona».

Reímos estrepitosamente de aquella anécdota regada en el poderoso tinto. La primera botella ya había caído.

—Como el tonto ése del golf —dijo él—, cuando termine las prácticas aterrizaré en un periódico deportivo y me olvidaré de todo esto. Sin embargo, tú al menos habrás elegido aquí una carrera de futuro. Ojalá yo pudiera llevarme algo de valor de esta estancia...

—¿Qué más quieres? Nos han abierto un viejo observatorio para una cena romántica. ¿No es suficiente para ti este recuerdo?

—Si te soy sincero —se acercó peligrosamente por encima de la mesa—, a mí los planetas casados, los rayos cósmicos y las enanas blancas me tienen sin cuidado. Regalaría el universo entero por un beso tuyo.

Tuve que contener un ataque de risa al oír aquella cursilería. Para evitarlo, representé el papel de modosita a la defensiva.

—Un beso, pero… ¿y luego qué?

—Algún escritor clásico afirmó que «con el beso empieza eso». Una historia de amor es como un Big Bang, debe tener un inicio. Después habrá que ver el universo que esas dos personas son capaces de crear.

Alessio acercó su silla a la mía. Yo sabía lo que venía después… Sin embargo, algo le impidió pegarse a mí. Mi mochila se había interpuesto entre los dos. La miré con rencor y le propiné una patada para quitarla de en medio.

Quería apartar a Brian de mi cena romántica. Apartarlo de mi vida de una vez. No permitiría que siguiera interponiéndose en mi camino.

Alessio interpretó aquel movimiento brusco como una invitación salvaje, ya que me abrazó fuerte y me besó.

Esta vez no me resistí.

La cabeza me daba vueltas. Había bebido demasiado.

Me dejé llevar completamente por la pasión del momento. Sus grandes manos se enredaron por mi pelo. Me agarraba la cabeza con energía, mientras sus labios recorrían hasta el último milímetro de mi cara para luego bajar por el cuello.

Deslicé mis manos por su torso. Pude sentir su cuerpo fibroso a través de la tela del polo. Después me abracé a él mientras recordaba el día que había montado por primera vez en su moto. Me sentía protegida en sus brazos.

El tiempo transcurrió muy lentamente, mientras él me acariciaba los muslos y me susurraba al oído galanterías en italiano que era mejor no entender. En un momento de exaltación, Alessio se arrancó el polo dejando al descubierto un pecho viril.

Superada por la velocidad de los acontecimientos, acaricié insegura el vello de su torso, que parecía palpitar al contacto de mis dedos.

Alessio suspiró excitado mientras una de sus manos recorría cuello abajo mi vestido. Empezó a desabrochar los botones uno a uno. Cuando mi sujetador blanco empezó a asomar, le detuve.

—No vayas tan rápido —lo besé para suavizar la situación—. Esto no es el acelerador del CERN.

Alessio se quedó pasmado unos instantes, mientras sus ojos ascendían lentamente del escote a mi rostro. Suspiró resignado.

—Y mientras se expande… ¿qué hacemos?

—Yo lo tengo claro —repuse mientras me abrochaba el vestido—. Dormir. El vino se me ha subido a la cabeza y mañana tengo turno a primera hora.

Tras apagar entre los dos todas aquellas velas, cargué de nuevo la mochila en mi espalda y salimos del observatorio.

Mientras nos dirigíamos al estacionamiento, Alessio se giraba cada dos pasos para besarme, como si aquella fuera la última noche en la Tierra.

Una vez sobre la moto, no esperé a que él acelerara para abrazarlo fuerte.

Llegamos al CERN muy rápido. Demasiado.

Detuvo su Ducati en la puerta de mi residencia. Tras desmontar, le di mi casco y él se quitó el suyo.

Por un momento, pareció que intentaría subir a mi cuarto, pero mi rostro desencajado por el vino le hizo cambiar de idea. Adoptando un tono de lo más caballeroso, me despidió con un último beso y dijo:

—Gracias por las estrellas.

Subí a la carrera las escaleras hasta mi habitación. Me entristeció, aunque sólo levemente, que Angie no estuviera allí para contarle con todo lujo de detalles cómo había ido la noche.

Noté cómo me tambaleaba al desvestirme. Necesité dos tentativas para colgar el vestido de Angie en su armario. Acto seguido, quise sacar el uniforme de mi mochila para que no estuviera arrugado por la mañana.

En cuanto lo jalé, algo cayó al suelo.

La carpeta de Brian se había abierto y todos sus papeles se esparcieron por la habitación. Más enfadada con él que con sus notas, me puse a recoger cuando mis ojos repararon en algo que no eran ecuaciones matemáticas.

Una de las hojas tenía el rostro de una chica dibujado a lápiz con gran detalle.

No había duda posible, la del retrato era yo.

$$\partial_\mu F^{\mu\nu} = j^\nu$$

XOXO

22. LOS VISITANTES

El ruido de la taza estallando contra el suelo me dio otro susto de muerte —ya iban tres piezas rotas en dos horas—, pero me sirvió para sacarme del estado de consternación en el que me encontraba.

Llevaba toda la mañana absorta en unos pensamientos que no me daban tregua. Aquel dibujo se proyectaba una y otra vez en mi memoria. No podía dar crédito a lo que habían visto mis ojos… ¿Brian se había dedicado a dibujarme? ¡A mí! Si aquello tenía algún sentido, se me escapaba del todo.

Había mirado el retrato repetidamente, como si fuera la pieza clave para encajar, de una vez por todas, el confuso rompecabezas de emociones que había vivido las últimas semanas.

Un fuego distinto había prendido en mi interior. Podía sentir cómo iba ganando terreno y llenaba de calidez mi cuerpo. Era la llama de la esperanza. Quería pensar que yo le importaba, no sólo como la júnior a la que hay que ayudar para que no se sienta triste y sola. Albergaba la esperanza de que se sintiera atraído por mí, aunque sólo fuera una décima parte de lo que yo sentía por él.

Mi lado más racional pedía prudencia a gritos. Intentaba protegerme de otra cruel decepción.

«Quizá simplemente es aficionado al dibujo y practicó contigo mientras tomaba su café», me advertía.

Sin embargo, no había más retratos en aquella carpeta… ¿o sí?

A pesar de que aquella mañana la cafetería estaba a reventar, fui al almacén para examinar el resto de papeles.

Aquel retrato se había convertido en mi agujero negro particular. El dibujo me atraía irremediablemente hacia una dimensión desconocida de la que no podía escapar.

Nerviosa, abrí la carpeta y empecé a ojear entre sus papeles. Comprobé aliviada que no había nadie más entre aquel amasijo de fórmulas y signos extraños. A continuación, me quedé un buen rato hipnotizada mientras escudriñaba cada una de las líneas de mi retrato. Estaba tan fascinada con la visión que Brian había plasmado de mí que tardé unos minutos en darme cuenta de que el resto de folios tenían algo en común…

Todos y cada uno de ellos llevaban el sello de la CIA.

Al principio, aquello me extrañó, pero luego recordé que Brian había trabajado en el Laboratorio Nacional de Los Álamos. Era un centro con algunos proyectos de investigación militar. Pero conociendo a Brian, estaba convencida de que él jamás trabajaría para esos fines. Seguramente había reciclado aquellos papeles, que ahora usaba para trabajar en sus cábalas científicas y también para dibujar. ¡Para dibujarme a mí!

Otro pensamiento cruzó por mi mente y empañó la felicidad que me desbordaba: ¿qué iba a hacer ahora con Alessio?

Me sentía culpable. La noche anterior me había enrollado con él, como un parche para curar mi amor no correspondido por Brian. ¿Cómo frenar aquella relación? No debería haber empezado nada con él. Había sido un error por mi parte darle juego. Ahora Alessio iba a sufrir las consecuencias de haberme dejado llevar.

—¿Se puede saber qué haces aquí escondida? —me gritó Angie desde la puerta del almacén—. Temía que te hubiera caído un protón gigante en la cabeza y te hubiera desintegrado. ¿Es que no lo ves? La cafetería está a reventar y tienes una cola de adictos a la cafeína clamando por tus *cappuccinos*.

—Ya salgo —le contesté mientras me apresuraba a guardar los papeles en la carpeta.

—Sólo vine a darte una noticia espectacular antes de entrar en clase. Tenemos un superplan para mañana: hay una fiesta en Saint Genis, en una casa alquilada por unos *post docs*. ¡Será atómico! Las fiestas que se celebran ahí son famosas por su descontrol. Estará lo mejorcito del CERN y nosotras no vamos a faltar, ¿verdad, júnior?

Por unos momentos estuve tentada de rajarme. Lo último que me apetecía era una fiesta, pero a continuación pensé que si iba a ir todo el mundo quizá también estaría Brian.

—¡Claro que iremos! —le dije animada—. No nos lo podemos perder.

—Vuelvo a clase. ¡Luego hablamos! Además, ahora estarás bien acompañada… —miró cómo Alessio entraba en el restaurante—. Por cierto, quiero que me cuentes todo lo que pasó anoche. ¡No creas que te vas a escapar!

Forcé una sonrisa mientras ella salía disparada hacia su clase.

Alessio hizo un intento de besarme en los labios. Me aparté a tiempo para que aquel beso aterrizara en mi mejilla en vez de en mi boca. Sabía que era un movimiento brusco, pero no quería alargar aquello más de lo necesario.

A pesar de mi frío recibimiento, Alessio no parecía tocado en su orgullo, ya que me acarició la mano mientras me preguntaba:

—¿Qué tal la mañana, *bambina*?

—Un poco aturdida... por el sueño, claro.

No era capaz de mirarlo directamente a los ojos. Aquellas caricias suyas hacían que me sintiera tremendamente incómoda y culpable.

Justo entonces vi a Brian entrar en la cafetería. ¡Maldición! Estaba segura de que había visto el gesto de Alessio.

En vez de acercarse a la barra, fue directamente a la última de las mesas, como si no quisiera ser visto.

—Esta mañana el restaurante está a tope, ¿quieres que te prepare algo y te lo lleve a la mesa? —le ofrecí a Alessio.

Afortunadamente, aquella excusa era más que cierta, de modo que se resignó a sentarse cerca mientras jugueteaba con su iPad.

Aproveché que estaba distraído con aquellos estúpidos *Angry Birds* para acercarme a Brian, que me saludó con tristeza.

—Buenos días, Laila.

Al mirarlo a los ojos me sonrojé. Deseaba preguntarle el porqué de aquel dibujo, que no encajaba con sus constantes evasivas cuando me aproximaba a él. Quería decirle que deseaba atravesar sus helados muros y conocer sus sentimientos. Saber qué pensaba. Decirle: ¿qué quieres de mí, Brian? Deseaba confesarle que yo jamás había sentido una atracción tan fuerte por nadie.

No me atreví a decirle nada de todo aquello, por supuesto.

—He pensado mejor lo de las visitas guiadas —empecé de repente—. Acepto tu propuesta. Quiero que me enseñes lo que hay que saber para convertirme en guía y acompañar a la visita que me comentaste hace un par de días.

—Por supuesto —contestó perplejo ante mi súbito entusiasmo—. Mi oferta sigue en pie. Te ayudaré con lo que haga falta. Aunque creo que ya sabes lo básico para defenderte tú sola. Estoy seguro de que en tu libreta tienes anotadas más anécdotas de las que yo mismo conozco.

—Eso es imposible… ¡Tus conferencias son apasionantes!

Nos quedamos en silencio. Por unos instantes perdí la noción del tiempo. Me sentía reconfortada teniéndolo a mi lado.

—Por cierto —dije cambiando de tema—. Ayer dejaste una carpeta aquí. La encontré al limpiar las mesas. Está guardada en el almacén.

—¿La has abierto? —palideció.

Estaba visiblemente nervioso. ¿Tanto miedo le daba que hubiera descubierto aquel dibujo? Sin duda me había visto con Alessio. Cualquiera pensaría, como me había hecho notar Klaus el día anterior, que éramos más que amigos. Quizá le avergonzaba que yo hubiese descubierto sus sentimientos hacia mí, cuando a su entender no podía corresponderle.

Sentí el impulso de sentarme a su lado, poner su cara entre mis manos y confesarle que estaba completa e irremediablemente enamorada de él. Le diría que no debía avergonzarse de nada.

Tampoco lo hice.

Justo entonces un investigador afroamericano nos interrumpió.

—Brian, ahí fuera hay unos tipos con pinta de Rambo que preguntan por ti. Son yanquis. Fueron a tu despacho y los acompañé hasta aquí. Dicen que quieren hablar contigo, pero no me dijeron quiénes son.

Me giré hacia la puerta. Había dos hombres corpulentos vestidos con traje oscuro, corbata y maletín. Contrastaban con la informalidad propia de los científicos del CERN.

Advertí una señal de terror en los ojos de Brian, aunque duró sólo unos segundos. Luego puso aquella mirada fría e indiferente que tan bien conocía.

Sin despedirse de mí, se marchó bruscamente de la cafetería en dirección a aquellos dos roperos.

Me quedé pasmada en medio del restaurante. Alessio se encargó de hacerme volver a la realidad.

—¿Qué te ocurre, Laila? Parece que viste un fantasma.

—Me he olvidado de darle a Brian su carpeta —dije lo primero que se me ocurrió para disimular mi consternación—. Y ahora no puedo dejar el restaurante... No sé cómo se la voy a devolver.

—No hay problema, bambi. Dámela a mí y se la doy. Ya ves que estoy desocupado.

Volé hacia el almacén y saqué la carpeta de mi mochila para entregársela a Alessio.

—Date prisa, quizá la necesite para su trabajo.

—Sus deseos son órdenes para mí, princesa.

Me arrepentí enseguida de aquello. ¿Cómo iba a sentirse Brian cuando Alessio le diera su carpeta? Por otra parte, me dolía en el alma renunciar a aquel retrato.

23. NADIE CONOCE A NADIE

Angie entró en la habitación dando un portazo.

—¿Ya te has enterado del notición, júnior?

—¿Hablas de la fiesta de esta noche? Pero... ¡si ya me lo anun ciaste ayer!

—¡No! Me refería a lo de los neutrinos. ¡Es alucinante, increíble, atómico!

—Me parece más interesante la fiesta que esos neutrinos.

No era propio de ella darle más importancia al mundo subatómico que al fiestón de aquella noche. Lo único que sabía de los neutrinos era que se trataba de unas partículas enanísimas capaces de atravesarlo todo, lo que las hace muy difíciles de detectar.

—Vengo de la sala de actos del CERN. Acaban de presentar los resultados. Si estos tipos no se han equivocado... ¡se va a armar la gorda! ¿Pero tú en qué mundo vives? —me preguntó extrañada—. Todos hablan de ello hoy, también en la cafetería. ¡Es la exclusiva del siglo! Y los rumores sí que suelen viajar más rápido que la luz...

Angie tenía razón. Últimamente vivía en un mundo donde sólo existíamos Brian, yo y el dibujo que me había hecho secretamente.

—Angelina, haz el favor de calmarte y empieza por el principio. ¡No sé de qué me hablas!

Inspiró profundamente antes de sentarse en la cama con las piernas cruzadas en postura de loto. Yo hice lo mismo.

—Los científicos del proyecto OPERA* han dado el recital de su vida. Para estudiar los neutrinos, los envían en línea recta a través de la tierra desde el CERN hasta el Gran Sasso, en Italia. Allí se topan con un detector gigante. Unas mediciones han revelado que esos neutrinos le han ganado la carrera a la luz.

—¿Qué quieres decir con eso?

Sabía que absolutamente nada puede viajar más rápido que la luz en el vacío: a unos trescientos mil kilómetros por segundo. Según Einstein, nada puede superar ese límite de velocidad cósmica. Sin excepción.

—Si los resultados son correctos, los neutrinos han cubierto los setecientos treinta kilómetros de trayecto sesenta nanosegundos** antes que la luz en el vacío. A partir de ahora tendremos que replantearnos el significado de la palabra imposible… ¿Qué pasará con la teoría de la relatividad? ¿Se irán al garete cien años de ciencia? ¡Apasionante!

—Bueno, ya dicen los filósofos que toda verdad es provisional… ¡Quizá ha llegado el momento de dar un paso más!

—Sí, pero… ¿hacia dónde? —Angie cambió de tema drásticamente—. Ahora centrémonos en el segundo temazo de hoy. ¿Has escogido ya tu vestido para esta noche? Yo aún no me decido.

* Siglas de Oscillation Project with Emulsion-tRacking Apparatus.
** 1 nanosegundo = 0.000000001 segundo, es decir: un segundo partido en mil millones de partes.

Acto seguido se arrancó los jeans y se probó un vestidito mínimo y vaporoso. La noticia de los neutrinos ya había pasado a la historia.

—Por cierto —recordó de repente—, tu príncipe azul vendrá a recogerte en moto para ir a la fiesta, ¿verdad? Tendré que ir sola, ¡qué mal! ¿Me pongo este vestido o el conjunto con falda?

—Alessio no es mi príncipe azul —protesté—. Y casi preferiría que fuéramos los tres juntos a esa fiesta. No me gusta que se comporte como si fuera mi novio. Sobre el modelito... todo te queda genial, Angie, ya lo sabes.

Mi compañera de habitación ya se había cambiado de ropa. Hizo un giro simpático para mostrarme el conjunto de falda ajustadita y camiseta ceñida con un escote de vértigo. Deslumbrante.

Acto seguido, observé mi figura escuálida en el espejo. A pesar de la insistencia de mi amiga para que me pusiera algo sexy, yo había escogido unos jeans sencillos y una camiseta de tirantes. No quería ni podía competir con ella. Además, tampoco estaba de humor para modelitos.

—No te entiendo —Angie me escaneó con sus ojos azules—. Tu amigo suizo está como un tren. ¿Puedes contarme de una vez qué te impide lanzarte a sus brazos?

Me senté en la cama. Tomé aire antes de confesarle lo que me estaba torturando desde hacía dos días.

—Es por Brian.

—¿Me lo juras? —contestó atónita.

Podía notar el ardor en mis mejillas. No sabía cómo poner en palabras lo maravilloso que él me parecía. Intenté explicarme:

—Hay algo especial en él, oculto y vulnerable. Es como si guardara un misterio que lo tortura y no dejara que nadie se acerque.

Sin embargo, a veces se abre tímidamente conmigo. Como los niños pequeños cuando juegan al escondite, siento como si en el fondo deseara que yo lo descubra.

Angie había seguido mis palabras con un gesto severo.

—¿Estás preparada para llevarte un gran chasco? Brian resultará ser como todos. Desde fuera es una bonita caja de regalo. En cuanto la abras, encontrarás otra igual pero más pequeñita, y así una tras otra hasta que al final descubras que no tiene absolutamente nada dentro. Nada aparte de la fantasía que has creado a su alrededor —fue subiendo el tono de su voz—. Entonces comprenderás que él es como los demás científicos. Sólo le interesa su investigación. No te hará feliz, Laila, y yo no quiero que sufras.

Noté cómo la ira se apoderaba de mi cuerpo. Ella no tenía ni idea, no comprendía lo que había en el interior de Brian. Entonces las palabras brotaron de mí sin pararme a pensar en lo que estaba diciendo:

—Por el amor de Dios, Angie, siempre te emperras en culpar a tu padre de la infelicidad de tu madre. ¿Tanto te cuesta aceptar que fue ella la que los abandonó?

Por unos instantes, al observarla petrificada frente a mí, pensé que iba a partirme la cara. No lo hizo, pero ver cómo se descomponía su rostro por el daño que mis palabras le habían causado me dolió mucho más que cualquier puñetazo.

Me arrepentí enseguida de haber dicho aquello.

Intenté arreglarlo pero no tuve oportunidad. Angie salió de la habitación cerrando la puerta con una suavidad que se tradujo en un fuerte portazo de culpabilidad en mi corazón.

Me desplomé en la cama, abatida, incapaz de ver otra cosa que no fuera una grieta del techo. Representaba cruelmente el abismo que se acababa de abrir entre Angie y yo. Todo por mi maldita culpa.

No sé el tiempo que permanecí tumbada, pero en cuanto me di cuenta sólo faltaban quince minutos para que Alessio me recogiese. Tenía que disimular mis ojos llorosos como fuera.

Justo cuando terminaba de batallar con el maquillaje, mi acompañante me envió un mensaje para indicarme que me esperaba en la puerta de la calle.

Bajé las escaleras sin prisa, pensando cómo podía conseguir que mi relación con Alessio volviera a sus cauces normales. Deseé tener una goma emocional con la que borrar cualquier sentimiento hacia mí. Sobre todo después de aquella preciosa cena en el observatorio, cuando respondí a sus cálidos besos con el cruel propósito de olvidar a Brian.

Tuve que recordar la ley del karma, según la cual los actos buenos o malos tienen consecuencias del mismo signo en nuestra vida. Probablemente, mi castigo kármico por haber utilizado a Alessio de aquel modo era tener que lidiar con él esa noche y dejarle claro que no quería nada más allá de la amistad.

Y allí estaba. En la puerta de la residencia, recostado indolente contra su Ducati.

Esquivé hábilmente un intento de beso en mis labios, situando mi mejilla frente a los suyos.

—¿Mal día en el restaurante? —me preguntó con su media sonrisa.

—Bronca con mi compañera de cuarto.

—¿Quieres que la haga desaparecer? —bromeó él—. Haremos que parezca un accidente.

—Ha sido culpa mía —confesé triste—. Abrí mi bocota más de lo necesario y la he ofendido.

—Nadie puede estar enfadado contigo durante mucho tiempo, bambi. Seguro que se le pasará.

Sus palabras no me convencieron. Angie era tan inteligente como emocionalmente impulsiva. No sabía cuánto daño le habrían causado mis palabras, pero su silenciosa salida me daba a entender que no se le pasaría tan rápido.

Tras cruzar la frontera con Francia, otra conducción temeraria nos llevó a las afueras de Saint Genis en menos de diez minutos. Alessio casi corría tanto como las partículas que en aquel momento aceleraban a unos cien metros bajo tierra.

Nos detuvimos en un parque a varias calles de la casa.

—Estacioné aquí para que paseemos hasta la fiesta. Quiero hablar contigo.

Por unos instantes temí que había llegado el momento de tener la conversación difícil con él. Explicarle que no quería que nuestra relación siguiera el rumbo que llevó la noche en el observatorio.

Anduvimos en silencio unos metros. Yo buscaba las palabras correctas para no herirlo, pero al parecer su discurso interior distaba mucho del mío.

—Tengo que pedirte perdón —dijo finalmente, rompiendo el hielo.

Aquella disculpa me agarró con la guardia baja. Quizá iba a ser más fácil de lo que pensaba cortar aquella «relación».

—¿Por lo que pasó en el observatorio…? No tienes por qué. Yo también te besé, de modo que la culpa es compartida.

—¿Pedir perdón por besarte? —dijo extrañado— *No capisco…* Mis disculpas son por mi instinto periodístico, que ha sido más fuerte que yo. He traicionado tu confianza.

—¿Se puede saber de qué diablos estás hablando? Ahora soy yo la que no *capisco*.

—Cuando ayer me diste la carpeta de Brian, no se la devolví al instante. La abrí y leí los papeles que contenía antes de llevársela a su despacho.

Noté cómo el calor teñía mis mejillas, en parte avergonzada y en parte llena de ira. Había visto, sin duda, mi retrato. Dejé de andar y lo miré a la cara mientras mi enfado iba en aumento. Lejos de verse avergonzado por aquella intrusión, Alessio tenía el semblante serio. Muy serio.

—Pues no parece que sientas tanto el haber husmeado en los papeles de otro —le recriminé.

—En realidad, no. No lo siento en absoluto. Aunque creo que lo que encontré en ellos te concierne.

Sus palabras todavía me encendieron más. Sin duda había visto mi retrato.

—El que Brian me dibuje no es de tu incumbencia. Además, tú y yo no somos novios ni nada por el estilo. Que nos besáramos el otro día no significa que ahora puedas entrometerte en mi vida de ese modo.

Mi intención de dejarle clara nuestra situación con el mayor tacto posible se había ido al traste en menos de cinco segundos. Estaba claro que aquél no era el día más diplomático de mi vida.

—Lo que me preocupa no es ese dibujo —replicó él, inmune al chaparrón—. El retrato es precioso porque la modelo lo es. No tiene ningún mérito especial. Lo que me heló la sangre es lo que había en el resto de papeles.

Su respuesta me confundió e hizo que la curiosidad ganara terreno al enfado.

—¿Qué había en esos papeles?

—Por lo que he podido investigar, son estudios científicos sobre un arma de destrucción masiva.

Entonces lo recordé. Había visto el sello de la CIA en aquellas hojas.

—¿Un arma de destrucción masiva? ¿De qué estás hablando, Alessio?

—Al parecer, tu amigo Brian trabajó en el Laboratorio Nacional de Los Álamos para desarrollar una nueva tecnología que en manos de los militares será devastadora.

—No sabes lo que estás diciendo. ¡No conoces a Brian! Es la persona más consciente y responsable que conozco. Siempre habla sobre el bien que puede hacer la ciencia a la humanidad. No encaja para nada con lo que ahora me cuentas tú.

—¿Estás segura de que lo conoces tanto?

Sus palabras me hicieron dudar de todo y de todos. Brian y su carácter tan reservado, como si sintiera el peligro de la cercanía… ¿Sería debido a aquel secreto que guardaba con tanto esmero? ¿Se trataba de un científico tan irresponsable como hipócrita? ¿Cómo se había atrevido a aleccionarme sobre ética y ciencia, si él mismo ofrecía su cerebro a fines tan horribles?

Alessio debió de leer la confusión en mi rostro, pues me asestó otro golpe.

—Ayer, en la cafetería, las dos personas que lo vinieron a buscar eran militares estadounidenses. Supongo que querían reunirse con él para saber cómo avanzaba en sus investigaciones.

Recordé lo violento que se había puesto Brian al decirle que tenía la carpeta con sus papeles. «¿La has abierto?», me había preguntado. Su expresión no era de vergüenza porque hubiera visto mi retrato, sino que temía que hubiera descubierto el siniestro tema de sus investigaciones. Mi dibujo no significaba tanto para él. Quizá no significara absolutamente nada. ¿Quién era Brian? ¿Y si Angie tenía razón y él no era más que una caja de regalo completamente vacía? Ella había intentado avisarme y yo, por toda respuesta, la había herido profunda y cruelmente con mis corrosivas palabras.

Alessio estaba parado delante de mí, escrutando mi rostro en un intento de leer mis pensamientos. «No la pagues con el mensajero», tuve que recordarme.

—Nadie conoce a nadie, ¿no es así? —lo miré a los ojos, desafiándolo—. Ni siquiera te conozco a ti.

—Yo soy un libro abierto, Laila. No escondo papeles clasificados, no he trabajado en Los Álamos para los militares ni he desarrollado investigaciones que comprometan la paz en el mundo.

—Con lo que me has dicho, me has robado la paz a mí.

Noté que me quedaba sin fuerzas. ¡Me sentía tan confundida! La idea que tenía de Brian, incluso mis sentimientos hacia él, se desmoronaban con la fragilidad de un castillo de naipes. ¿De quién me había enamorado? Estaba claro que no de la persona que era en realidad sino, como me había avisado Angie, de lo que había proyectado en él.

Alessio me abrazó en ese momento. No me resistí, pues me sujetó justo cuando mis piernas se habían quedado sin fuerza para sostenerme.

—Si me preocupo por ti, es porque te quiero —me susurró al oído.

TEL. LAILA 671 709 465

24. NO ENTIENDES NADA

La casa era enorme. Cada una de las tres plantas doblaba el departamento de Sevilla donde vivía con mis padres.

Servía como alojamiento a nueve trabajadores del CERN, dos *summer students*, cinco estudiantes técnicos y dos doctorandos.

Cuando llegamos a la fiesta, yo seguía consternada por la noticia bomba que Alessio había soltado minutos antes. Tuve que esforzarme para esbozar una sonrisa en mis labios. Simplemente asentía con la cabeza cuando se acercaba gente a saludarnos.

La cocina estaba llena de jóvenes que se servían bebidas de una descomunal nevera metalizada.

El comedor, pese a ser muy amplio, estaba abarrotado de gente. A muchos, si no a todos, los había visto en la cafetería del CERN. Aunque no deseaba entablar conversación con nadie, todavía me molestaba más la idea de seguir hablando con Alessio. Tuve que emplearme a fondo para iniciar una conversación con un tipo que era un asiduo al restaurante, todo un adicto a la cafeína.

Luego propuse a Alessio que buscáramos algo para comer.

En el centro del salón había una larga mesa llena de platos fríos: ensalada de pasta, quesos, patés, papas chips y sándwiches variados.

Por fortuna, pude reconocer a Arthur apoyado contra la mesa. Le hice una señal a Alessio para que lo saludáramos.

—Hola chicos —nos saludó el inglés— ¿Les han contado el chiste malo del día?

—Adelante —lo animé.

Eso era lo que necesitaba, alguna tontería para que descansaran las ideas que se atropellaban en mi mente.

—Si vas a hacer otra broma mala con los neutrinos —contestó mi acompañante—, mejor ahórratela. Creo que ya las he oído todas.

Me sorprendió que Alessio fuera tan descortés. Él nunca abandonaba la apariencia de tenerlo todo bajo control.

Tras lanzarle una mirada fulminante, pedí al tímido de Arthur que nos contara su chiste. Lo hizo, aunque visiblemente incómodo al percibir nuestro oscuro estado de ánimo.

—¿Quién es? Un neutrino. ¡Toc, toc!

Al ver que no reíamos, dijo:

—¿Lo entendieron? Va atrás en el tiempo… Es por todo el lío que se está armando con esas partículas… Ya saben, hay quien cree que al superar la velocidad de la luz se viaja al pasado. Bueno, da igual… ¡Es muy malo!

En ese momento llegaron Chantal y Pierre. Creo que por primera vez Arthur se alegró de verdad de verlos, ya que al menos rompieron la atmósfera de incomodidad que se había creado. Los tres físicos se enfrascaron en comentar la noticia.

Alessio y yo nos escabullimos. Él porque no tenía interés ninguno en los últimos hallazgos del CERN y yo porque no soportaba a Chantal ni un segundo más.

Subimos al primer piso, donde había una gran habitación convertida en una minisala de baile. Un tipo de cabellos afro ponía música en un mezclador a la vez que controlaba un proyector de ambientes lumínicos.

En el centro de aquella improvisada pista encontré a Angie. Estaba completamente borracha y bailaba como una posesa. Sin duda me había visto, pero decidió ignorarme. Seguía enfadada conmigo. Tras conocer el secreto de Brian, lo cierto era que yo tampoco me sentía con fuerzas para reconciliarme con ella.

Alessio cruzó la sala para hacerse con un par de cervezas. A medio camino fue interceptado por Angie, que se puso a bailar con él. Más que bailar, aquello era restregarse.

El periodista se apartó de ella con más brusquedad de la necesaria, pero ella no pareció dolida. Para calentar a tres chicos que tonteaban a su alrededor y le ofrecieron otra cuba, se quitó su camiseta de tirantes hasta quedarse sólo con su sujetador de encaje negro.

Por unos instantes sentí la urgencia de tomarla del brazo y llevarla a casa, pero mi acompañante me ofreció una segunda cerveza y me dijo:

—Me alegro de que no hayas seguido los hábitos de tu compañera de habitación. Es patético ver a una chica guapa así de bebida y haciendo el ridículo. Sigamos el *tour* por la casa —añadió jalándome para sacarme de la sala-disco—. Aquí la música está demasiado alta.

En el segundo piso estaban los dormitorios. Pudimos ver a una pareja besarse fogosamente camino de uno de los cuartos.

Por unos instantes me sentí incómoda. Distinguí un brillo febril en los ojos de Alessio, así que le propuse:

—Mejor vamos abajo. Al menos allí hay algo de comer.

Mientras bajábamos las escaleras reconocí su voz.

Estaba hablando a un grupo de estudiantes. Percibí notables diferencias en él. Llevaba una camisa elegante y unos jeans nuevos. Probablemente también había pasado por el peluquero, pues llevaba el pelo perfectamente arreglado y se había quitado aquellos feos lentes. A su cambio de *look* había que añadir una espléndida sonrisa, ya que hacía algo que le apasionaba: estaba explicando a sus oyentes los principios de la relatividad que se pondrían en jaque si los resultados de la insólita velocidad de los neutrinos eran correctos.

Por unos instantes me quedé sin respiración. Jamás lo había visto tan guapo. Pude notar, una vez más, la misteriosa atracción que Brian ejercía en mí, una fuerza mucho más intensa que la gravedad que me atrapaba a la Tierra. Incluso pensé que mi cuerpo reaccionaría acercándose irremediablemente a él, como si no tuviera otra opción.

«No dejes que te atrape», me dije mientras recuperaba el aliento. A modo de protección, me había aferrado a lo que tenía más cerca: la mano de Alessio.

Estaba consciente de que aquel gesto tendría dos efectos. En primer lugar le estaba mandando un mensaje incorrecto a Alessio. Por otra parte, Brian pensaría que la historia entre el periodista y yo iba en serio.

Animado por mi repentino gesto, Alessio me empujó para que nos uniéramos al grupo al que Brian estaba dando su clase magistral. Había dejado de verlo como un rival.

—Sólo han sido sesenta nanosegundos de más —intervino una chica que babeaba por Brian—. ¿Tan poco tiempo se necesita para derribar una teoría tan firme?

—Míralo desde otra perspectiva —contestó él—. Si hubiéramos puesto en esa carrera a la luz y a un neutrino, el segundo habría ganado por unos dieciocho metros. Eso ya no es tan poca cosa, ¿verdad? Además, la teoría de la relatividad prohíbe ir más rápido que la velocidad de la luz en el vacío. Es como un límite cósmico que nadie podía superar, quizá hasta hoy...

—Hay que ser prudentes con estas mediciones —añadió un estudiante de aspecto resabiado—. La comunidad científica debe reproducir el experimento para ver si llegan a los mismos resultados... Si eso sucede, tendremos que estrujarnos las neuronas para encontrar una explicación razonable a este fenómeno.

—¿Y eso de viajar por el tiempo? —preguntó de nuevo la chica babosa, a la que yo había empezado a coger tirria—. Dicen que los neutrinos, al superar la prohibición, estarían viajando hacia atrás... ¡al pasado!

—La teoría de la relatividad —aclaró Brian, que no era consciente del efecto que creaba en la audiencia femenina— nos dice que a medida que vamos más rápido, el tiempo se estira y el espacio se encoge. Al acercarte a la velocidad de la luz, los relojes se mueven cada vez más despacito. Incluso los latidos de tu corazón se ralentizarían si viajaras en una nave interestelar, de modo que envejecerías más despacio que aquellos que se quedasen en tierra.

—Si estos viajes pudieran hacerse, sería la ruina para las empresas de Botox —dijo entre risas estúpidas una rubia que no paraba de coquetear con él.

—Cuanto más nos acercamos a la velocidad de la luz, más despacio pasa el tiempo —recapituló Brian con una sonrisa—.

Hasta que llegamos a los trescientos mil kilómetros por segundo, que es más o menos la velocidad de la luz. Entonces el tiempo se detendría… y, si doy un paso más allá, en teoría el tiempo iría hacia atrás… Sin embargo, nadie puede decir con exactitud qué ha sucedido. Quizá los neutrinos han cogido un atajo por otra dimensión… ¿quién sabe? Debemos continuar investigando. La ciencia seguirá dándonos respuestas, a veces sorprendentes, sobre el fantástico universo donde vivimos.

Al oír aquel discursillo sentí que la ira se apoderaba de mí. ¿Cómo podía ensalzar las virtudes de la ciencia? Estaba defendiendo sus investigaciones como si su principal objetivo fuera llevar al ser humano a las estrellas, en vez de a la autodestrucción.

Brian se fijó en nosotros justo entonces. Pude ver cómo su mirada se dirigía a mi mano, que Alessio mantenía aferrada. Luego me miró a los ojos.

Por cruel que fuera, me alegré de la sorpresa que vi en sus ojos. Aunque aquel dolor sólo podía ser algo fingido. Yo había dejado de creer en sus palabras y en su expresión vulnerable.

Cuando se acercó a nosotros, no quise soltar mi mano de la de Alessio. Ya tendría tiempo de aclarar nuestra relación más tarde.

—¿Puedo hablar un minuto contigo? —me preguntó Brian antes de dirigirse a mi compañero—. ¿Te importa? Sólo serán unos segundos.

—Laila es libre de hablar con quien quiera.

Atravesada por la mirada furiosa de Alessio, seguí a Brian hasta el jardín de la casa.

Se habían formado pequeños grupos alrededor de la piscina. Animados por el alcohol, algunos habían desafiado el frío de la noche y se lanzaban al agua en pelotas.

Brian fue directo al grano:

—Ayer me extrañó que tu amigo me entregara la carpeta que olvidé en la cafetería. Pensaba que sólo tú la habías visto.

—Pues yo pensé que los papeles que contenían eran importantes para ti. Por eso te los hice llegar lo más rápido que pude.

Dirigí la vista a la piscina, donde los juerguistas se estaban bañando entre gritos de excitación.

Una mezcla de vergüenza y rabia me impedía mirarlo a los ojos. Él volvió al tema muy serio.

—¿Qué viste en esa carpeta?

—Déjame preguntar a mí —pasé a la ofensiva—: ¿quiénes eran esos tipos que te vinieron a buscar a la cafetería?

—¿A quiénes te refieres? —dijo desconcertado.

—Sabes perfectamente de quiénes hablo.

—Ah, claro… —titubeó—. Son sólo unos tipos que conocí cuando trabajaba en Los Álamos. Estaban de visita en el CERN y quisieron pasar a saludarme.

Ante tal sarta de mentiras, exploté:

—Además de un hipócrita, eres un mentiroso. Llevas semanas dándome lecciones de moral sobre las bondades de la ciencia y lo importante que es para la evolución de la humanidad, cuando la utilizas para desarrollar armas de destrucción masiva. ¿O acaso no eran militares los tipos de ayer? Los papeles de tu carpeta trataban de eso, ¿no? Es el único motivo por el que te preocupa que hayamos visto el contenido de tus notas.

Brian se quedó mudo. Ni siquiera intentó defenderse de mi ataque.

—Veo que ya lo has juzgado todo —se limitó a decir antes de volver a la casa, dejándome plantada en el jardín—, pero no entiendes nada.

25. UNA DE CADA OCHO

Petrificada en el jardín, contemplé con dolor cómo Brian desaparecía en el interior de la mansión. Con mi acusación lo había apartado definitivamente de mí. Incluso pude visualizar cómo sus muros de defensa se alzaban altos e inexpugnables, dejándome para siempre al otro lado.

Me había quedado sin estrella y por lo tanto desprovista de la órbita que daba sentido a mis movimientos. Yo era ahora un planeta errante condenado a vagar por el vacío cósmico, un cometa en la negra deriva del universo.

Tuvo que ser Alessio quien me sacara de mi estupor. Me ofreció un gin tonic con su encantadora media sonrisa.

—Me sabe mal haber sido portador de malas noticias —se excusó mientras me hacía entrar de nuevo en la casa—, pero era mejor que lo aclararan cuanto antes. Siento que esto te haya costado un amigo.

Simplemente asentí con la cabeza y lo seguí, como el pedazo de roca perdido en el que me había convertido.

No me pasó por alto que Alessio se esforzara en catalogar a Brian de «simple amigo». Sin duda, él había notado la atracción que ejercía en mí aquel científico. Por mi propio bien, tenía que escapar de su campo gravitatorio.

Maldita gravedad.

Una parte de mí aún quería reconciliarse con Brian. Ser paciente hasta que decidiera contarme con detalle sus motivos para trabajar en aquel proyecto abominable. Aunque, por otro lado, su silencio había sido revelador. «El que calla otorga», me dije.

Un repentino estruendo me arrancó de mis cábalas. Angie acababa de rodar escaleras abajo, borracha como una cuba. Se había pegado un golpazo monumental.

Corrí a levantarla con la ayuda de Pierre, mientras le pedía que moviera brazos y piernas para asegurarme de que no tenía nada roto. A duras penas pudo hacerme caso.

—Alessio, tengo que llevarla a nuestra habitación —le urgí—. Si continúa así, va a acabar en coma etílico.

—Yo tengo el coche aquí —se ofreció Pierre—. Pero antes tengo que avisar a Chantal que nos vamos. ¡No sé dónde se ha metido!

Entonces la voz de Brian reapareció a mi espalda, haciendo que todos mis músculos se pusieran en tensión.

—Ya la llevo yo. La fiesta ya hace tiempo que terminó para mí.

Su voz me atravesó con tanta fuerza que pude notar cómo cada una de sus palabras abría una herida en mi interior. Sin saber cómo reaccionar, dejé que tomara a Angie de mis brazos y la sacara de la casa con determinación.

En su intento de recuperar la normalidad, Alessio me condujo escaleras arriba para bailar en aquella discoteca improvisada.

Pese a todos mis esfuerzos, sumados a un segundo gin tonic, no era capaz de olvidarme de Brian. En mi mente se repetía aquella conversación que tanto lo había herido, mientras su precioso dibujo se proyectaba en mi mente una y otra vez.

Finalmente, me rendí ante la evidencia.

—Quiero irme a casa —le dije a Alessio—. Estoy preocupada por Angie. Quizá necesite algunos cuidados extra esta noche. Además, no me siento nada a gusto en esta fiesta.

—¿Estás segura de que es por tu compañera de habitación? —me preguntó visiblemente molesto—. ¿Por qué no aceptas de una vez que este tipo te ha engatusado?

—¿Se puede saber por qué sacas a Brian ahora? —exploté airada—. Simplemente quiero marcharme a la residencia. ¿Te vienes o te quedas?

Alessio recuperó su semblante de calma absoluta y, con una frialdad cortante, me contestó:

—Ve tú, yo me quedo.

Definitivamente, acababa de matar al mensajero. En ese momento me daba igual, ya no me importaba nada. Tal vez debía aceptar que hacía daño a todos los que me rodeaban. Era mejor que alejara a Alessio de mi lado antes de que lo amargara del todo.

«Este es mi destino», me dije, «quedarme sola».

Regresé al comedor en busca de Arthur. Estaba convencida de que él se prestaría a llevarme de nuevo al CERN. Pero, a pesar de que lo busqué por todo el comedor y el jardín, no fui capaz de encontrarlo.

Cuando vi a Pierre, que estaba buscando por todas partes a Chantal, le pregunté por el inglés, pero dijo que no lo había visto desde hacía un buen rato.

—¿Y Klaus? —le pregunté al recordar a mi amigo alemán.

—Todavía no ha llegado —repuso Pierre riendo—. Siempre va tarde a las fiestas. Dice que así las chicas disponibles ya están borrachas y es mucho más fácil ligar.

Tras despedirme del belga, me planté frente a la puerta del jardín y esperé.

Abordé al primer grupo que salía para que me acercaran al CERN. Tuve suerte de que eran residentes y tenían un espacio libre en el coche, de modo que no tardé en volver tristemente a la residencia y a mi habitación.

Entré con cuidado para no despertar a Angie, pero mi delicadeza había sido en vano.

La habitación estaba vacía.

Extrañada, salí de nuevo al pasillo. Allí me encontré con la pareja belga, que también había abandonado la fiesta.

Muy preocupada, les conté que mi compañera no estaba en su habitación.

—¿Y eso te sorprende? —dijo Chantal con su voz de serpiente venenosa—. Volvía con el guapo de Brian y, como tú dices, nadie se puede resistir a los encantos de Angie. Seguro que están en su departamento haciendo de las suyas.

Me quedé helada en el pasillo mientras se metían en la habitación de Pierre.

Por mucho que odiara a aquella víbora, debía reconocer que estaba en lo cierto. Intenté, en vano, encontrar mil situaciones posibles que justificaran que Angie no estuviera en su habitación. Sin embargo, la suposición de Chantal seguía el principio de la navaja de Ockham: la teoría más simple tiene más probabilidades de ser la correcta.

Tuve que apoyarme contra la pared, incapaz de mantenerme en pie. Sentí que me rompía por dentro. Había perdido a Brian y a Angie, los dos en la misma noche, y había dejado plantado en la fiesta a Alessio, el único que se preocupaba por mí.

Estuve a punto de dejarme caer, allí mismo en el pasillo, y ahogarme en la desesperación que me inundaba. Sólo quería llorar hasta quedar inconsciente y no sentir nada más.

Unos pasos me salvaron momentáneamente del abismo. Klaus apareció por el pasillo vestido de impecable sport.

—¿Vuelves o vas? —me preguntó.

Entendí que él era mi última oportunidad de regresar a la fiesta. Volvería por Alessio.

Hice un esfuerzo para reprimir la vocecita de mi conciencia, que me culpaba por utilizarlo con el único propósito de superar el dolor que me consumía por dentro. Sabía que era una egoísta, pero también estaba consciente de que, en aquellos momentos, él era mi salvavidas. A cambio de su consuelo le daría aquello que él tanto deseaba.

Además, me justifiqué, Alessio era fuerte y yo no le haría daño. Quién sabe, si me esforzaba podía ser incluso feliz a su lado. Con el tiempo, quizás llegaría a sentir algo parecido a la felicidad. Seríamos entonces dos cometas perdidos que surcan casi paralelos el espacio.

Hice de tripas corazón y me incorporé para decirle a Klaus:

—Voy contigo.

Mientras nos dirigíamos al coche, lo único que le pedí al cielo era que Alessio no se hubiera enrollado con otra. Centré mi mente en un único objetivo: encontrarlo tal como lo había dejado.

Con la ansiedad que me producía ese pensamiento, pedí a Klaus que condujera lo más rápido posible hacia la mansión de Saint Genis.

—¿Qué tal las chicas de la fiesta? —me preguntó el conductor—. ¿Hay nivel?

—Está genial, Klaus, vas a tener un montón de cerebrillos en minifalda para escoger —respondí con simpatía—. Además, hay mucha bebida y están todas bastante borrachinas.

—Esa es una buena noticia, júnior —rio—. Sobre todo para ti y para mí, que estamos vacantes. Pero ¿sabes qué? Lo tengo calculado: si pides directamente a una chica si se quiere enrollar contigo, una de cada ocho dice que sí.

Después de contarme aquella teoría, me miró con una sonrisa pícara y me ofreció:

—Hagamos un trato: si los siete primeros nos dicen que no, nos buscamos para ser los octavos.

26. SEXO, DUDAS & BOTELLÓN

Cuando llegamos a la mansión de Saint Genis la fiesta ya había pasado su punto álgido. Había más comida por el suelo que encima de las mesas. A mi madre le habría dado un ataque con tanta porquería esparcida por doquier, pensé.

Me centré enseguida en mi objetivo: encontrar a Alessio antes de que fuera demasiado tarde.

No estaba en la planta baja, así que salí al jardín para descartar que no fuera uno de los pocos atrevidos que aún chapoteaban en la piscina. Tampoco estaba allí.

Presa del pánico, temí que también él hubiera abandonado la fiesta del brazo de otra chica. Y sería bien comprensible. Lo más normal era que se hubiera cansado de mis constantes cambios de humor y aceptara otras caricias.

Aquella noche podía acabar siendo devastadora para mí.

Vi cómo Klaus atacaba a tres chicas en un sofá de la planta baja. El pelirrojo no perdía el tiempo. Le lancé una sonrisa de ánimo, al tiempo que me bebía de golpe un chupito de vodka. «Ojalá tenga suerte con una de las tres —pensé—. No quiero ser su opción final».

Consciente del efecto que empezaba a tener el alcohol en mí, subí a la sala-disco donde había dejado plantado a Alessio apenas media hora antes.

Y allí estaba él. De pie junto al mezclador, poniendo música con los audífonos puestos. Respiré aliviada.

No había caído en los brazos de ninguna otra, pero en la pista de baile detecté un grupo de cuatro chicas que le lanzaban miraditas y reían entre ellas.

Pude notar su expresión de fastidio cuando pasé por delante de ellas para reunirme con Alessio, que sonrió abiertamente al verme.

—¿Qué demonios haces mezclando música a estas horas? —le pregunté coqueta—. Me extraña que no te hayas ligado a ninguno de estos cerebritos sexys.

—¿Por qué crees que llevo puestos los audífonos? —dijo mientras rodeaba mi cintura con su brazo izquierdo—. Sin ti para protegerme, ya me han abordado siete chicas.

Sonreí al recordar la teoría de Klaus. «Yo voy a ser la octava», me dije mientras lo besaba de repente. Esta vez había sido mía la iniciativa.

Alessio dejó caer los audífonos y me acogió con pasión entre sus brazos. Nos tumbamos sobre el único sofá libre de la sala. Abrazada a él, sentí que volvían a pegarse los pedazos que se habían roto dentro de mí al descubrir que Angie se había ido con Brian.

Sabía que jamás lo superaría. Como cuando rompes un jarrón de porcelana, por mucho que te esfuerces en pegar los trozos con cola transparente, siempre se notarán las fisuras. Pero, al menos, aquel dolor que no me dejaba respirar había sido mitigado.

—¿Qué estás tomando? —preguntó Alessio.

—Vodka.

Asintió con la cabeza antes de incorporarse de un brinco para capturar media botella de Absolut abandonada en una mesa cercana al equipo de sonido. Sosteniendo el vodka en una mano, empleó la otra para jalarme y sacarme de una discoteca que había quedado desierta.

Entre besos y caricias me condujo al segundo piso.

Sabía de sobra lo que allí me esperaba, pero ahora sí estaba dispuesta a llegar hasta el final. Se lo debía por toda la paciencia que había tenido conmigo. Sólo él me había cuidado desde el principio, había estado siempre a mi lado sin mentirme ni traicionarme.

Alessio escuchó atentamente tras la primera puerta, donde me pareció oír a una pareja que hablaba entre susurros. Luego se asomó al segundo dormitorio. Tras comprobar que estaba vacío, me hizo una señal con la cabeza para que entráramos.

Antes de seguirlo, di un trago directamente de la botella para desinhibirme. Estaba nerviosa ante mi primera vez, y el bulto prominente bajo los pantalones del suizo revelaba que iba como una moto. La cosa iba en serio y me daba miedo decepcionarlo por culpa de mi nula experiencia.

Tras cerrar la puerta del cuarto, donde una lamparita iluminaba una cama individual, Alessio se entretuvo un rato hundiendo sus dedos en mi corta melena mientras no dejaba un milímetro de mi rostro sin besar.

De pie junto a la cama, sus ojos castaños se bañaron en los míos mientras sus manos me levantaban con cuidado la camiseta de tirantes. Alcé los brazos para ayudarle a sacármela por la cabeza.

Me tranquilizó comprobar que estaba más nervioso que yo al desabrocharse la camisa y dejarla caer al suelo. Estaba consciente de que habíamos dado un paso que no admitía vuelta atrás.

Alessio acarició mi espalda muy lentamente mientras me besaba el cuello con fruición. Suspiré. Una oleada de calor descendió de mi cabeza a los pies.

Sus dedos se detuvieron en el cierre del sujetador. Con la habilidad de quien ya ha desnudado a decenas de chicas, le bastaron dos rápidos movimientos para dejarme con los pechos al aire. Aunque por poco tiempo, ya que sus manos se apresuraron a cubrirlos con un ansioso y envolvente masaje.

Ahora era él quien suspiraba.

Mientras lo dejaba hacer, mi mirada viajó curiosa por su pecho hasta los pantalones, que parecían a punto de estallar.

Cerré los ojos y una película inesperada se proyectó en mi mente. Brian saliendo del lago el día de la excursión, con su torso desnudo y fuerte. A continuación vi a Angie completamente desnuda, que se abalanzaba sobre él para incitarle a hacer el amor.

Furiosa con aquella intromisión, aparté un momento a Alessio para desabrocharme el pantalón. Me senté en la cama y levanté las piernas para que él lo jalara.

Sorprendido por la facilidad con la que todo estaba sucediendo, se bajó a su vez los pantalones de pinzas y se sentó a mi lado mientras me pasaba la mano por el hombro. Me susurró algo en italiano.

Tal vez no era tan experto como se las daba, me dije mientras escuchaba los latidos rápidos de su corazón. Yo había dejado de arder de pasión por culpa de un mareo con el que estaba pagando mi último trago de vodka.

Tuve que tenderme en la cama, lo que fue interpretado por Alessio como la señal de que había llegado la hora de la verdad. Conservando cada uno nuestra última prenda, se tendió encima de mí apoyándose sobre los codos para no aplastarme.

Pude notar la tensión que le llevaba de cabeza.

—Laila —suspiró—, eres tan especial...

Empezaba a encontrarme francamente mal, así que no respondí, mientras él provocaba un cambio de posiciones. Se tumbó boca arriba a la vez que volteaba mi cuerpo hasta cubrir el suyo.

Aquel giro de 180° me acabó de descomponer y sentí que el dormitorio daba vueltas vertiginosamente. No era capaz de detenerlas. Mi cabeza estaba a punto de estallar mientras mi estómago se revolvía como una fiera herida.

Tuve el tiempo justo para apartarme de Alessio antes de vomitar al lado de la cama.

24 h.

27. REVELACIONES

No recordaba haberme sentido tan mal desde mi ingreso en el hospital, a los doce años, por culpa de una ensaladilla en mal estado.

Al abrir los ojos, la luz que entraba por la ventana me causó más dolor del que podía soportar. Los volví a cerrar, cubriendo mi cabeza con las sábanas, mientras hacía un repaso mental de la situación.

Una cosa estaba bien clara: la noche anterior había bebido demasiado. En un repentino *flashback*, vi una sucesión de imágenes de lo que había pasado en la fiesta y antes de ella. El dibujo. Alessio revelándome el contenido de las hojas que acompañaban mi retrato. Mi discusión con Brian. La salida de Angie de la mansión para acabar enrollándose con él. Para cerrar el círculo, Alessio y yo de nuevo.

Lo último que recordaba con cierta nitidez era que habíamos subido a la habitación.

Abrí los ojos con esfuerzo y saqué la cabeza de entre las sábanas para inspeccionar el lateral de la cama. Había vomitado más de una vez, eso lo sabía, y temía encontrarme con las desagradables consecuencias de mi exceso. Pero no fue así.

Alguien se había dedicado a limpiarlo todo.

«Alessio se ha ganado un trocito de cielo», me dije.

Al pensar en el suizo se dispararon todas mis alarmas: ¿hasta dónde habríamos llegado? Lo último que recordaba era haberme quedado dormida justo después de vomitar.

Comprobé, con cierto alivio, que seguía llevando la parte de abajo de mi ropa interior.

Todo parecía estar en orden, aparte de mi estómago, que se quejaba de los latigazos a los que le había sometido. Me incorporé lentamente para no despertar las náuseas de nuevo.

No me sentía con fuerzas para limpiar el suelo si volvía a vomitar.

Un olor a tocino y huevos fritos llegó hasta mí. Voces alegres que provenían del primer piso revelaron que alguien estaba preparando el desayuno.

Me enfundé los jeans y me puse el sujetador y la camiseta, que Alessio había dejado a la vista sobre el respaldo de una silla.

Tras pasar por el baño de la habitación para lavarme la cara y enjuagarme la boca, me hice una cola en el pelo para aparentar estar más despejada de lo que estaba. Luego bajé.

Al llegar a la cocina, Alessio me recibió con un beso.

—¿Qué tal esa resaca, bambi?

—Me encuentro fatal. Juro que jamás volveré a tomar una sola gota de alcohol.

En la cocina había un joven melenudo y dos chicas de expresión alegre. Les di los buenos días un poco avergonzada, no sólo por mi evidente resaca, sino por haber ocupado la habitación de alguien para dormir con un chico.

Los inquilinos de la casa se comportaban, sin embargo, con toda naturalidad, como si tener huéspedes desconocidos para desayunar fuera de lo más corriente por allí.

Me esforcé en comer lo más rápido posible antes de desaparecer. Tras dar las gracias tímidamente a los anfitriones, pedí a Alessio que me llevara de vuelta al CERN.

—Esta tarde tomo el autobús a Lugano —anunció antes de que subiéramos a su moto—. Me quedaré allí hasta el miércoles, aunque precisamente ahora no me apetece marcharme. ¿Quieres que pasemos el día en Ginebra hasta mi hora de salida? Hace un día precioso.

—Lo siento, Alessio, pero no me encuentro nada bien. Creo incluso que estoy un poco enferma. Necesito dormir al menos un día entero. Ya daremos el paseo cuando vuelvas.

Mi aspecto deplorable debió de ayudarme, pues no insistió. Me alegré de que no lo hiciera. Aunque él me trataba como si ya fuera su novia, yo aún no sabía cómo comportarme con él. Sobre todo después de lo que había pasado la noche anterior.

Suspiré al recordar que había llegado a la conclusión de que Alessio era la persona correcta. De hecho, había estado a punto de perder la virginidad con él. Lo abracé fuerte en el asiento de la moto, como si pudiera así aferrarme a mi nueva situación.

No tardamos en llegar a la residencia.

—¿Seguro que no quieres que suba contigo? —me preguntó al dejarme en la puerta.

—Tengo compañera de cuarto, ¿recuerdas? Y debe de estar sufriendo una resaca peor que la mía.

Sentí una punzada de dolor al recordar a Angie.

—Llámame si te encuentras mal, *bambina* —dijo antes de despedirse con un beso.

Subí las escaleras arrastrándome con las pocas fuerzas que me quedaban. Además, estaba hecha un lío. Un tornado de emociones provocaba una mezcla explosiva en mi interior. Alessio me gustaba y era obvio que era más que correspondida. Por otro lado, estaba segura de que jamás volvería a sentir por otro el amor que Brian había despertado en mí.

Debía guardar aquel sentimiento tan doloroso en una caja bien cerrada en el fondo de mi alma. Traté de convencerme de que merecía ser feliz con alguien que aceptara mi amor.

Al llegar al tercer piso, me sorprendió encontrar a Angie frente a la puerta de la habitación. Mi cerebro tardó en procesar lo que veía. Angie estaba besándose con Arthur delante de nuestra puerta.

«¿Pero… qué diablos le ocurre a esta vampiresa? —me pregunté—. ¿Acaso no ha tenido suficiente con Brian?».

Entonces oí claramente cómo Angie daba las gracias al inglés por haberla cuidado durante toda la noche.

Me quedé petrificada frente a ellos.

—¿Te encuentras bien, júnior? —me preguntó Arthur al verme—. Tienes una pinta horrible. Creo que también tú bebiste demasiado anoche. Será mejor que las dos se metan en la cama.

Dicho esto, como despedida besó cariñosamente a Angie, que abrió la puerta de la habitación para que entráramos.

Sin poder articular palabra, me dejé caer en la cama.

—Laila, ¿qué te ocurre? —me preguntó mientras se sentaba a mi lado—. Estás muy pálida. ¿Necesitas que llame al médico?

—¿Has pasado la noche con Arthur? —le pregunté con un hilo de voz.

—Pues claro, ¿con quién has pensado que estaba?

Pude sentir cómo el mundo se derrumbaba bajo mis pies.

—Yo... te vi marcharte con él... y después ya no estabas aquí.

—¿Pensaste que me había enrollado con Brian? —rio Angie atando cabos—. ¡Qué idea tan rara! Cuando me trajo a la residencia, llamó a Arthur para que se encargara de mí. ¡Por el amor de Dios, Laila! ¿Por qué diablos iba a liarme yo con Brian? Sé lo mucho que te importa... Además, tampoco habría tenido ninguna posibilidad.

Luché por mantener los ojos abiertos mientras trataba de entender qué quería decirme.

—¿Tan ciega estás que no te das cuenta del efecto que ejerces a tu alrededor?

—Darme cuenta... —repetí confusa—, ¿de qué?

—Tienes un magnetismo especial, Laila. Consigues que todo el mundo te quiera. ¿Acaso crees que los demás meseros reciben tantas propinas como tú? Por eso Chantal te odia. Ella cae mal y lo sabe. Te envidia porque gustas a todo el mundo. Lo suyo son celos elevados a la máxima potencia.

En medio de aquellos piropos, me arrojé a sus brazos.

—Oh, Angie, perdóname. Siento muchísimo las palabras tan horribles que te grité ayer por la tarde. En realidad soy un monstruo. Sé que te hice mucho daño.

—No te preocupes, júnior —me calmó mientras me acariciaba el pelo—. Lo que dijiste quizá no está tan alejado de la verdad. Esta mañana le he contado nuestra discusión a Arthur y él me ha hecho reflexionar mucho sobre este tema.

—Entonces, Brian y tú...

—Él está loco por ti, tontolina. ¿Cómo no has sabido interpretar sus señales? Eres muy inteligente para entender las emociones de los demás, pero cuando te incumbe a ti...

—No sé qué pensar, Angie. Ahora que conozco su secreto, ya no estoy segura de que sea el Brian que imaginaba. Tenías razón al prevenirme sobre él. Lo tenía idealizado y al final ha resultado ser una bonita caja vacía, como dijiste.

Le expliqué en pocas palabras lo que Alessio me había contado sobre las investigaciones de Brian para desarrollar un arma de destrucción masiva. Angie me escuchaba muy seria. No me interrumpió hasta que terminé mi explicación.

—Me temo que tu amigo suizo se ha hecho una película. Es cierto que Brian trabajó en el Laboratorio Nacional de Los Álamos, pero debes saber que no todos los proyectos que allí se desarrollan tienen fines militares. La investigación de Brian se centraba en la comprensión del cerebro humano. Su teoría apunta a que la información que transmiten nuestras neuronas funciona según las leyes de la física cuántica. Su sueño era descifrar estos procesos neuronales y así tener las herramientas para desarrollar todo el potencial del ser humano. Yo he seguido sus publicaciones de cerca. ¡Son brillantes!

Angie se levantó y empezó a andar por la habitación mientras yo escuchaba pasmada sus explicaciones.

—Llevaba casi dos años con este tema cuando su investigación pasó a ser clasificada. El Ejército de Estados Unidos puso los ojos en los resultados que estaba obteniendo. Vieron en ello la llave para manipular la mente de la población. Por eso le ofrecieron una beca increíblemente buena. Créeme, Laila, que sólo alguien con unos principios tan firmes como Brian se resistiría a lo que le brindaban. Y él supo decir que no. Se exilió de Estados Unidos y vino aquí, al CERN, para trabajar en proyectos que no pusieran en peligro a nadie.

—Pero me temo que ha seguido trabajando en ello, quizá en secreto... —añadí emocionada.

—Yo también creo que sigue investigando en esa dirección, pero créeme, si lo hace, se está guardando la información para sí mismo.

—¿Estás segura? El otro día unos militares vinieron a hablar con él. ¿Y si aún trabaja para ellos? Sigue habiendo piezas que no encajan... ¿Por qué diablos no me contó todo esto cuando anoche lo ataqué?

Angie se encogió de hombros antes de contestar:

—Pues no tengo ni idea, ya sabes que es un chico más bien reservado.

Me levanté de un salto, decidida a encontrar a Brian. Necesitaba aclararme de una vez por todas.

Angie no me frenó cuando me vio salir. Ni siquiera me preguntó adónde me dirigía.

La habitación de Brian estaba en una residencia con cuartos más grandes que el nuestro. De hecho, eran casi departamentos con una cocina-armario que bastaba para preparar una mínima cena.

Tuve que llamar varias veces a su puerta. Finalmente, me abrió un Brian soñoliento con unos pantalones de piyama a cuadros. Llevaba el pelo revuelto, pero estaba de lo más guapo.

—Entra, no te quedes ahí —a pesar de lo que le había hecho, el tono de su voz seguía siendo dulce conmigo—. ¿Ocurre algo, Laila?

Oírle pronunciar mi nombre hizo que me desbaratara. No llevaba los lentes, y su rostro reflejaba una tensión que me resultaba familiar, como si cargara con la responsabilidad del mundo entero sobre sus hombros.

—Lo siento mucho, Brian…

—Tranquila, me tendría que haber despertado hace una hora.

Me ofreció una silla y él se sentó en el borde de su cama. Me quedé de pie, sumergida en sus ojos verdes.

—No te pido perdón por haberte levantado de la cama, sino por haberte juzgado tan mal anoche. Ni siquiera te di tiempo para explicarte.

Al ver que no me sentaba, se levantó y puso agua en una tetera eléctrica.

—El ser humano tiende a juzgar más allá de lo que conoce. No eres la única con ese problema.

—Me da igual lo que haga nuestra especie. Sólo quería decirte que no soy más que una mesera estúpida que a duras penas comprende lo que sucede a su alrededor.

—Laila, tú eres cualquier cosa menos estúpida. No quiero oírte decir eso.

—Debo serlo, pues hay algo que sigo sin comprender…

Me ofreció una taza de té para que espabilara. Su mirada era triste al decirme:

—Si puedo ayudarte, intentaré resolver tus dudas.

Supe que aquella era mi oportunidad.

—Necesito saber por qué me dibujaste.

Pude sentir la electricidad que se había generado entre nosotros. No estaba segura de si nos unía o nos separaba. Su respuesta provocaría el colapso de una de las dos posibilidades.

—Eso da igual, ahora. Me marcho a Japón.

Aquello era lo último que esperaba oír.

—¿Cómo…?

—Me han ofrecido una beca para trabajar en la fusión nuclear. Es un proyecto muy bueno y puede suponer un gran paso para resolver, de forma limpia y segura, las necesidades energéticas del planeta. Llevan tiempo tentándome con esa oferta y al final me he decidido a aceptarla.

—¿Cuándo te vas?

Quería calibrar el tiempo que nos quedaba. Yo todavía estaría tres semanas enteras en el CERN.

Su respuesta me heló la sangre.

—Me marcho la semana que viene, así que esto es algo así como una despedida.

BRIANSCIENCE9@GMAIL.COM

28. 2 + 1 = 3

PARA: ANTONIO PAPÁ; MAMI
ASUNTO: CRÓNICAS DEL CERN IV

Queridos papis,

Hace un par de días que no me encuentro muy bien. Nada grave, no se preocupen. Simplemente estoy un poco griposa. He estado en cama medio sábado y hoy todo el día, de modo que mañana podré ir al trabajo completamente recuperada.

Esta semana han pasado un montón de cosas por aquí. Supongo que se habrán enterado del notición de los neutrinos, aquí están todos como locos con ellos. El viernes por la noche estuve en una fiesta y era el tema de conversación por excelencia.

Al parecer, tenemos más relación con ellos de la que nos imaginamos... Mírense ahora mismo la mano, en concreto el pulgar. Pues bien, ¿sabían que cada segundo atraviesan la uña miles de millones de neutrinos que provienen del sol? Y nosotros sin enterarnos, ¡ya ven!

También he sabido que, como nuestro cuerpo tiene unos veinte miligramos de potasio-40, cada día generamos unos trescientos cuarenta millones de neutrinos. Estas partículas tan pequeñitas salen de nuestro cuerpo para perderse en las inmensidades del cosmos, llevando una señal de nuestra existencia hasta los confines del universo. ¿No es bonito?

Como estoy pachucha, esta vez no voy a escribir uno de mis correos larguísimos. Sin embargo, tengo la anécdota apropiada para hoy... Seguro que después de leerla, mi email no les parecerá tan breve.

Cuentan que el matemático P.G. Lejeune-Dirichlet no era nada aficionado a escribir cartas. Una de las pocas veces que se decidió a enviar un correo fue para anunciar a su suegro el nacimiento de su primer hijo. El mensaje fue el siguiente: 2+1=3.

Como ven, yo no he sido tan sintética como él. ;—)

Un beso muy grande. ¡Los quiero mucho!

Laila

29. GARAGE BAND

Tras oprimir ENVIAR, me arrepentí enseguida de haber sido tan escueta. Sabía que a mis padres les gustaba tener noticias mías, pero no me sentía con ánimos para contarles nada más. Aparte de soportar una resaca de campeonato, tenía unas décimas de fiebre que atribuía a algún virus emocional.

Por otro lado, tampoco podía compartir con ellos lo que me torturaba desde hacía más de veinticuatro horas: mi último encuentro con Brian.

Justo cuando me había dado la fatídica noticia de su traslado a Japón, mi teléfono había vibrado en el bolsillo del pantalón. No hizo falta que mirara quién me había mandado el mensaje. Sabía que era Alessio. Fue el primero de los más de diez SMS que me escribiría aquel fin de semana.

Al ver que me había quedado petrificada, Brian aprovechó para darme un sobre.

—Es la invitación para mi fiesta de despedida —dijo—. Espero que puedas venir. Por supuesto, la invitación es extensible a tu pareja.

Mi pareja.

Otra puñalada. No sé por qué me había violentado tanto oírlo definir así mi relación con el suizo. ¿Acaso no era la imagen que habíamos dado? Era lo que todos, incluido Alessio, habían asumido. De hecho, yo misma había aceptado eso la noche anterior, cuando había creído que Brian se había acostado con Angie...

Sólo el botellón de vodka había evitado que Alessio y yo acabáramos haciendo el amor.

Mientras todas esas contradicciones me torturaban delante de Brian, había estado a punto de explotar. Quería rogarle que no se marchara. Lanzarme a sus brazos y explicarle que Alessio jamás ocuparía su lugar en mi corazón.

Pero la llegada de un nuevo sms me volvió a frenar. Era otro cruel aviso de que no era libre de actuar como se me antojara. La decisión que había tomado la noche anterior había cambiado por completo la situación. Había escogido a Alessio y ahora debía ser consecuente.

No podía actuar egoístamente pensando sólo en mí. Sabía que si me quedaba allí, en la habitación de Brian, acabaría saliendo el huracán de emociones que sentía por él.

En lugar de hacer lo que mi corazón y mi cuerpo me pedían a gritos, obedecí a mi cerebro. Desolada, alargué el brazo para coger el sobre y me marché de su cuarto sin decir nada. Luego desaparecí.

Una vez en mi cuarto, al ver que estaba sola, me vine abajo. Estaba consciente de haber desperdiciado la última oportunidad para aclarar las cosas con Brian. Él había entreabierto la puerta para que superara sus defensas. Para ello sólo tenía que confesarle lo que sentía por él. Pero, en vez de hacerlo, había huido como una cobarde.

Él ahora se marcharía al otro lado del mundo y la puerta quedaría sellada para siempre.

Sólo yo tenía la llave y había perdido la ocasión de usarla.

La culpa había sido mía. La noche anterior había acudido a Alessio en busca de un parche emocional. Un terrible error de cálculo. Ya no podía echarme atrás. Era demasiado tarde.

Acudieron a mi mente unas palabras que había leído en un manual de budismo que mis padres tenían en la librería: «Si por mis limitaciones o por mi situación personal ahora mismo no soy capaz de hacer feliz a los demás, que como mínimo mis actos no sean un impedimento para su felicidad».

Resignada, me dije que lo primero que debía hacer era aclarar mi relación con Alessio. Aunque ya no pudiera retener a Brian, era absurdo alargar una relación con alguien a quien no amaba de verdad. No sería justo ni para él ni para mí.

Un trino de mi celular indicó la entrada de un SMS más. Volvía a ser él.

[¿Qué tal tu gripa?
Es una pena que no esté en el CERN,
tengo un remedio infalible para la fiebre...]

Estaba decidida a aclararle las cosas a Alessio, pero no podía hacerlo por teléfono.

[¿Nos vemos el miércoles para comer
en el restaurante 1?]

En el fondo ambos sabíamos que no estábamos hechos el uno para el otro, me dije. Estaba convencida de que Alessio se daría cuenta por sí mismo. En cuanto descubriera que yo no era la chica que él había soñado, sería mucho más fácil llevar nuestra relación al terreno de la amistad.

Otro sms:

[Tengo muchas cosas que contarte.
Ahora descansa, bambi]

Intenté hacerlo. Me esforcé en dormirme, pero no lo conseguí.

Dejé de luchar contra el insomnio y me senté ante el escritorio. Allí reposaba la carta que Brian me había dado antes de que yo me fuera sin decirle nada.

La abrí con delicadeza. Era lo único que podría conservar de él.

Además de la invitación a su picnic de despedida, el siguiente martes, dentro del sobre Brian había metido otro papel. Al desdoblarlo, descubrí que era el mismo que me robaba el sueño —y el aliento— desde hacía cinco días: mi retrato.

Muerta de tristeza, encendí la computadora de Angie. Abrí el Garage Band, el programa para componer música. Delante del teclado, para destapar la olla a presión de mis emociones, garabateé en un folio el inicio de una canción. Volqué en ella toda mi ansiedad, lo que había sentido desde mi llegada al cern.

Pasé las horas siguientes buscando una melodía apropiada para aquella letra, a la que fui agregando instrumentos virtuales como acompañamiento. Tuve la sensación de que la pieza crecía sola.

No sé cuánto tiempo estuve retocando los acordes hasta concluir la canción. Cuando terminé era ya de madrugada.

Tras grabar mi voz sobre los arreglos, me tumbé en la cama para escuchar cómo había quedado.

No me disgustaba.

Apagué la luz y me entregué finalmente al sueño pensando en la ironía de la situación. Brian me había dibujado, y a cambio yo le había compuesto una canción. Parecíamos dos niños de colegio. Dos niños perdidamente enamorados pero condenados a no encontrarse jamás.

30. LA HORA DE LA VERDAD Y EL DOLOR

—Eh, aquí Tierra llamando a Júnior… —Angie estaba recostada en la barra de la cafetería y trataba de llamar mi atención—. En serio, Laila, ¿te encuentras bien?

—Perfectamente, ahora mismo salgo a tomarles la orden.

La había visto llegar con su amante inglés. Se habían instalado junto con Klaus y Pierre en la terraza del restaurante. Desde que Arthur la había rescatado de aquella borrachera antológica, pasaban el día y la noche juntos. Apenas aparecía por nuestro cuarto.

No me molestaba la soledad. Mi estado de ánimo era gris y no quería contagiar mi mal rollo a Angie. En el fondo me alegraba por ellos, hacían buena pareja. Una combinación extraña, pero por algún motivo encajaban.

—A mí no me engañas, Laila —me dijo en voz baja—. Te oí llorar anoche y has acabado con nuestras reservas de *kleenex*. ¿Has aclarado ya las cosas con Brian?

El simple hecho de escuchar su nombre provocaba que me temblaran las piernas. Me apoyé en la barra, a punto de desfallecer. Angie me presionó cariñosamente la mano.

—No lo he vuelto a ver desde el sábado por la mañana —contesté—. Me di por vencida en cuanto supe que se iba a la otra parte del mundo. No puedo retenerlo.

—Por el amor de Dios, Laila. ¡Brian está loco por ti! Dile de una vez que lo quieres y él renunciará a esa porquería de beca en Japón. Fin de la historia. ¿Dónde está la tragedia?

Tomé aire y exhalé un largo suspiro. Ojalá fuera tan simple como ella creía. Angie siguió insistiendo:

—Esta tarde iremos a la despedida que ha organizado en el lago. Aprovecha entonces para decirle lo que sientes o te arrepentirás lo que queda de verano.

—Olvidas que hay otra ficha en juego. Alessio y yo estamos juntos… o algo por el estilo. ¡Ni yo misma lo sé! Primero necesito aclarar mi relación con él, y no llega hasta mañana. Me temo que será demasiado tarde para recuperar a Brian.

—Júnior, ambos están loquitos por ti. Sólo tienes que escoger al que más te guste. A muchas les encantaría estar en tu sitio.

Un resoplido fue mi única respuesta.

—Seguro que Pierre preferiría estar en tu piel —añadió mientras señalaba la mesa donde se habían sentado—. Chantal se lió con otro en la fiesta del viernes. Es tan estúpida que todo el mundo la vio. En cuanto me enteré, felicité a nuestro amigo belga. Le dije textualmente que no dé un paso atrás, ¡ni para tomar impulso!

Sonreí al imaginar la conversación entre Angie y el pobre novio burlado.

—¿No te alegras? Pierre es un buen tipo. Era un desperdicio que saliera con esa amargada insoportable.

—En realidad, envidio tu sencillez a la hora de entender los problemas, Angie. Ojalá fuera como tú.

—Plantéalo como quieras, pero ahora intenta imaginar el resto del verano sin el suizo, y luego haz el mismo ejercicio con Brian. Una de las dos situaciones te dolerá lo suficiente para disipar tus dudas. Y hablando del rey de Roma...

Para mi sorpresa, en aquel momento Alessio entró en el restaurante. Angie lo saludó con un gesto rápido y se marchó a la terraza a consolar a Pierre.

En cuanto me vio tras la barra, el rostro de Alessio se iluminó.

Había que reconocérselo: en comparación con Brian, a su lado las cosas eran mucho más simples.

—¿No llegabas mañana?

—Después de tres días sin verte, ya no aguantaba más. He adelantado mi regreso. ¿Te queda mucho para acabar el turno?

—Dame cinco minutos.

Sacó su iPad para reemprender la batalla de los Angry Birds mientras me cambiaba en el almacén.

No me apetecía nada pararle los pies a Alessio, pero al adelantar su vuelta me ofrecía la oportunidad de aclarar nuestra situación. Así podría hablar libremente con Brian aquella misma tarde. Quizá Angie tenía razón y, por muy doloroso que fuera, existía una esperanza.

Improvisé un pequeño almuerzo con un par de bocadillos y unos refrescos y salí al encuentro de Alessio.

—¿Te parece si vamos a la pequeña explanada que hay frente al CERN a comer? —le propuse—. Allí podremos hablar con tranquilidad.

Mi idea le pareció estupenda.

Mientras paseábamos hacia nuestro comedor campestre, me habló muy serio:

—He decidido pedir unas prácticas para trabajar en la web de *La Gazzetta dello Sport*. Me apetece vivir en Sevilla, y así estaré a tu lado cuando empieces la universidad en septiembre. ¿Qué te parece?

El asombro que me habían causado sus palabras debió paralizar mis pies, ya que tropecé con el bordillo de la acera. Si Alessio no me hubiera sujetado al vuelo, me habría roto la crisma.

Aprovechó el movimiento para rodear mi cintura con su brazo. Me sentía incómoda, pero no me atreví a separarme.

—Eres encantadoramente atolondrada. No quiero que pienses que voy demasiado rápido. Es sólo que creo que, cuando uno encuentra al fin su media naranja, hay que ir por todo.

—Alessio, precisamente quería hablarte sobre eso... —dije tartamudeando.

—Ya le he dicho a mis padres que te llevaré a Lugano en Navidad —siguió completamente ajeno a mi estado de ánimo.

Aquello era demasiado para mí.

—Detente, Alessio...

Me hizo caso y se detuvo literalmente frente a la carretera que une el CERN con Ginebra. Al fin se daba cuenta de que algo no marchaba bien.

—¿Qué te ocurre, *bambina*?

—Dudo que lo nuestro funcione. Cometí un error el viernes pasado al venir a buscarte de nuevo a la fiesta.

—No cometiste ningún error, Laila. Viniste porque querías estar conmigo, ¿o acaso me vas a negar que no lo deseabas?

—Sí, lo sé... —aquello me estaba costando demasiado—. Claro que siento una atracción muy fuerte hacia ti, pero no puedo engañarme. Sé que no estoy enamorada y tampoco sería justo que te lo ocultara.

—Estamos muy bien juntos. Puede que no estés enamorada ahora, eso son palabras mayores, pero con el tiempo...

—No, Alessio —lo interrumpí—, lo que siento por ti nunca podrá ser tan grande.

—¿Tan grande... como qué?

Su tono de voz era una mezcla de sospecha y furia. ¿Habría entendido lo que quería decir en realidad...? ¿Que lo nuestro jamás podría ser tan grande como lo que sentía por Brian?

Fui incapaz de mirarlo a los ojos. Él subió suavemente mi barbilla con su mano para declarar:

—No pienso renunciar a ti, Laila. Seguiré luchando hasta el final.

Sus palabras me hirieron profundamente. Podía ver el daño que le estaba haciendo y la culpabilidad me corroía.

En un acto irreflexivo por mi parte, alcé mi mano y le acaricié la mejilla. Sólo quería aliviarle el dolor, pero mi gesto abrió la puerta a otro tipo de interpretación. Tomó mi mano y con el brazo que le quedaba libre rodeó mi cintura para acercarme a él.

Sabía que lo correcto era apartarme, pero no soportaba herirlo más. Dejé que lo hiciera. Al fin y al cabo aquello era un beso de despedida.

Cuando me separé de él, un nudo en la garganta casi me impidió hablar:

—Me voy a mi habitación. He quedado con Angie para ir a una despedida —le alargué la bolsa con el almuerzo que había preparado—. Quédate los bocadillos, se me ha quitado el hambre.

Acto seguido corrí hasta la residencia. Sólo quería desaparecer, que la tierra me tragara. Me había transformado en un monstruo egoísta que únicamente conseguía hacer daño a los que se portaban bien conmigo.

En cuanto llegué a mi cuarto, lo primero que hice fue coger el dibujo de Brian. Con el retrato en la mano, me puse a llorar tumbada sobre la cama.

Había tres cosas que tenía claras.

Primera: aquel dibujo era la prueba de que existía una posibilidad de que Brian me amara. Seguramente no con la misma intensidad que yo a él, pero me aferraba a esa ilusión.

Segunda: Alessio me odiaba a aquellas alturas, pero al menos había aclarado mi situación con él. Ya no podría hacerle más daño.

Tercera: Brian estaba a punto de irse al otro lado del globo y temía no tener suficiente valor para revelarle mis sentimientos. Lo que más me aterraba era que, incluso cuando le dijera que lo amaba, él decidiera marcharse de todos modos.

31. LA CONFESIÓN

—Júnior, ¿se puede saber qué te pasa ahora? —me preguntó Angie al encontrarme acostada en aquel estado lamentable.

—Soy un monstruo y he decidido que, en lo que queda de verano, sólo saldré del cuarto para ir a trabajar al Restaurante 1. Volveré aquí al terminar cada turno, así no le haré daño a nadie más.

Mi amiga contuvo una risita antes de sentarse a mi lado, en la cama. Me acercó el paquete de pañuelos desechables que estaba sobre el escritorio.

—No seas melodramática, Laila. ¿Es eso lo que te ha dicho Alessio, que eres un monstruo?

—Claro que no… ¡Pero me ha sido tan difícil! Aunque no estoy enamorada de él, a mi manera lo quiero. Al menos lo suficiente para que me duela ver que lo pasa mal por mi culpa. Me siento fatal, Angie. Lo he utilizado y ahora tengo que pagar las consecuencias.

—Bueno, puedes compartir la culpa conmigo, si quieres. Fui yo quien te dio el brillante consejo de que te hicieras su novia. Pero eres demasiado exigente contigo misma, júnior. A todos nos duele que nos dejen y también tener que dejar a los demás, pero tampoco es el fin del mundo. Alessio es guapo y simpático, y tiene ese punto justo de superficialidad para encontrar a otra chica de la que enamorarse. Créeme, lo superará.

—Ojalá sea rápido, Angie.

Mi compañera de habitación se levantó de un brinco y, con expresión resuelta, me ordenó:

—Ahora deja de sentirte culpable, júnior. Suénate los mocos y lávate la cara. Vamos a ir a esa fastidiosa fiesta de despedida y tú hablarás con Brian.

Acto seguido, y sin esperar mi respuesta, llamó a Arthur desde su celular.

—No me pases a buscar. Voy con Laila directa al lago. Nos encontramos allí, bicho… Yo también.

Tuve la sensación de que aquella nueva fase en la relación de Angie le daba estabilidad emocional. Parecía mucho más serena y responsable que cuando nos habíamos conocido.

—No estoy segura de que sea buena idea ir a esa despedida —le dije—. Brian ya ha tomado su decisión. ¡Se va dentro de tres días! Es demasiado tarde.

El simple hecho de oírme decir aquello hizo que me rompiera por dentro.

—Deja de molestar, júnior. ¡Ahora no te vas a acobardar! Vendrás conmigo aunque te tenga que llevar a rastras.

Sabía que enfrentarme a Angie era una pérdida de tiempo. Era tan obstinada que siempre se salía con la suya. Además, una gran parte de mí necesitaba volver a verlo antes de que se marchara, aunque estaba segura de que no tendría el coraje de hablar con él, y mucho menos de decirle lo que sentía.

Angie intentó adecentarme un poco, pero estaba hecha un horror. Su maquillaje no había conseguido esconder la hinchazón de mis ojos. Tampoco me sentía con ánimos para cambiarme los jeans, mi camiseta de tirantes y los zapatos deportivos, así que fui hecha un pequeño desastre, pero no me importaba.

Antes de salir del cuarto, doblé el dibujo y lo guardé en el bolsillo trasero del pantalón. Necesitaba que me acompañara.

Llegamos al lago casi con una hora de retraso. Incluso Klaus, que siempre aparecía al último, ya estaba allí.

Habían montado un improvisado merendero con sillas plegables y manteles en la playa artificial frente al Jet d'Eau. La gente había contribuido con *tuppers* de ensalada de pasta y todo tipo de *snacks* fríos. Angie y yo no llevábamos nada, ni siquiera unas cervezas.

Me sorprendió reconocer a Alessio en un grupo de *post-docs* bastante alejado. En aquel momento se tomaba una cerveza con toda tranquilidad. Afortunadamente, estaba de espaldas y no me había visto.

Por su parte, Brian estaba rodeado de un grupo de estudiantes de verano. Entendí que les explicaba el proyecto en el que iba a trabajar en adelante. Angie me jaló del brazo y nos acercamos a ellos.

—La beca es para un proyecto que busca desarrollar fuentes de energía distintas a las actuales, que sean limpias y puedan abastecer a toda la humanidad. Se calcula que en el 2050 la población mundial pasará a tener nueve mil millones de personas. Tendremos un grave problema de escasez energética. Para superar este reto tenemos la alternativa de la fusión nuclear. Al contrario de lo que se hace en las centrales actuales, la fisión nuclear, donde los átomos y partículas se separan violentamente para obtener energía, con la fusión nuclear lograremos precisamente lo opuesto. De hecho, intentaremos reproducir lo que sucede, de forma natural, en el centro de las estrellas. El objetivo es crear pequeños soles en la Tierra.

Brian estaba tan absorto en su explicación que tardó en darse cuenta de que Angie y yo estábamos allí. Al verme, pude notar cómo su voz cambió de tono. Su entusiasmo se había teñido con una ligera tristeza. ¿Era la única que se había dado cuenta?

Para evitar su mirada, saqué mi Moleskine y anoté, como había hecho otras veces, lo que estaba contando.

Brian prosiguió:

—En el centro del Sol, la fusión de los núcleos de hidrógeno se produce a quince millones de grados. A estas temperaturas, la materia sólo puede existir en forma de plasma. Si conseguimos reproducir este proceso en las centrales eléctricas de fusión generaremos cantidades de energía casi ilimitada. Además, evitaremos los peligrosos residuos radiactivos que comporta la fisión. La fusión aúna lo mejor de la energía solar, en términos de ecología, y lo mejor de la nuclear en cuanto a su eficiencia. Piensen que un kilo de fusión producirá la misma energía que diez millones de kilos de combustible fósil. Les daré un ejemplo: la cantidad de litio en la batería de una laptop, combinada con media tina llena de agua, aportaría energía suficiente para las necesidades de un ciudadano europeo durante 30 años.

Klaus se acercó por detrás de Brian, le ofreció una cerveza y le susurró algo gracioso al oído que lo hizo interrumpir su discurso.

En ese momento, Alessio me vio desde el otro lado de la pequeña playa y me saludó. Le devolví el gesto, pero quise evitar que viniera, así que me apresuré en reunirme con Arthur y Pierre.

El almuerzo de despedida de Brian se celebró alrededor de un mantel rodeado de *summer students*.

Llevaba media hora desviando cada dos por tres mis ojos hacia Brian, que iba y venía trayendo cervezas de una nevera portátil. Buscaba la ocasión de hablar con él a solas, pero siempre había alguien que lo interceptaba antes para despedirse de él y desearle suerte en Japón.

Finalmente, aprovechando que me había alejado del lugar donde estaba reunida la gente, se acercó a mí. Pude notar cómo mi estómago se contraía de la emoción.

—¿Podemos hablar unos minutos, Laila?

Las piernas me flaquearon y tuve que sentarme sobre la hierba. Brian se dio cuenta y me ofreció su ayuda. Una vez de pie frente a él, retuvo mi mano durante más tiempo de lo normal. Su calidez reconfortó por unos instantes mi corazón, que empezó a latir con fuerza.

Vi cómo miraba fijamente nuestras manos entrelazadas. Me sonrojé y, a mi pesar, me soltó de repente.

Nos alejamos del grupo caminando en silencio. En mi interior se agitaba un coctel de emociones tan fuerte que creí que me iba a desmayar.

Finalmente nos resguardamos tras unos árboles que ejercían de barrera entre nosotros y el resto del mundo. Él fue el encargado de romper el incómodo silencio:

—El sábado pasado te marchaste precipitadamente de mi habitación. No tuve tiempo de responder a tu pregunta.

—Hay muchas cosas que no me has contestado —traté de ocultar el temblor de mi voz—. Todavía no comprendo por qué no me contaste lo que habías hecho en Los Álamos. Dejaste que te atacara sin defenderte y metí la pata hasta el fondo... Te acusé de cosas horribles que no habías hecho. ¿Por qué no me dijiste la verdad?

Brian me miró fijamente a los ojos antes de darme la espalda.

—No tengo nada que justificar, Laila. Yo no soy distinto de los científicos que trabajaron en el proyecto Manhattan para desarrollar esa monstruosa bomba atómica. De hecho, soy aún peor que ellos. Debería haber aprendido de la historia. Ya estaba advertido de que las investigaciones científicas pueden ser usadas con fines terroríficos, y no supe darme cuenta. ¿No lo entiendes? Si mi trabajo hubiera avanzado lo suficiente, habría dado una temible arma a los gobiernos para controlarnos. Mis padres dedicaron toda su vida a enseñar a los demás, a preparar sus mentes para ser libres. Con mi investigación estuve a punto de conseguir justamente lo contrario. No tengo ningún derecho a justificarme. Tampoco merezco tu compasión.

Brian se torturaba inútilmente. ¿Acaso no se había dado cuenta de que lo que se había ganado no era sólo compasión, sino mi más profundo amor?

Puse mi mano sobre su hombro para reconfortarlo.

—¿Es por eso por lo que te marchas a Japón? —le pregunté esperanzada—. No puedes huir de ese modo, Brian. No puedes culparte eternamente por unas investigaciones que dejaste colgadas precisamente por razones éticas.

—No me marcho por eso, Laila —me dijo mientras tomaba mi mano con suavidad—. Me voy porque necesito curarme.

—¿Curarte de qué? —le pregunté con lágrimas en los ojos.

—Curarme de ti.

Me quedé petrificada, tratando de asimilar aquellas palabras. Una cálida luz se había encendido en mi interior, aunque tenía miedo de que fuera una falsa esperanza y acabara más destrozada aún de lo que estaba.

—No me malinterpretes —añadió—. Me siento feliz de haber venido al CERN, ya que he tenido la oportunidad de conocerte. Aunque no ha sucedido nada entre nosotros, nunca he sentido por nadie lo que siento por ti. Al mismo tiempo, estoy consciente de que es imposible.

Me había quedado sin aliento. Quise gritar para explicarme. No iba a permitir que se marchara al otro lado del mundo al suponer que pertenecía a Alessio. Pero Brian fue más rápido que yo. Selló mis labios con un dedo y añadió:

—Por favor, deja que termine. Necesito soltarlo. Me preguntaste por qué te había dibujado… Fue al volver a mi departamento, la noche que fuimos a Ginebra a ver el documental. No conseguía dormir, era incapaz de borrar tu rostro de mi mente… y no tuve más remedio que plasmarlo en papel.

En aquel momento sentí como si el dibujo que guardaba en el bolsillo del pantalón pesara un millón de kilos. La cabeza me daba vueltas. Hice un esfuerzo por centrarme y logré mirar a Brian a los ojos justo cuando me confesaba:

—Te dibujé porque estoy completamente enamorado de ti, Laila.

32. LAS PUERTAS DE SHAMBHALA II

Antes de que pudiera decir «yo también», una sombra furiosa se interpuso entre los dos. Alessio había llegado justo a tiempo —nos había visto desaparecer tras los árboles— para escuchar la declaración de Brian.

Vi paralizada como el puño del suizo impactaba en la nariz del físico sin mediar palabra. Un instante después, Brian yacía en el suelo con el rostro cubierto de sangre.

Ni siquiera había intentado defenderse, y yo sospechaba que, aunque pudiera hacerlo, no le devolvería el golpe. Se limitó a dirigirme una mirada de disculpa, como si le importaran más los problemas que me había causado que su herida.

Aparté a Alessio de un empujón para evitar que le volviera a pegar. Justo entonces llegaron corriendo Arthur y Angie, que habían presenciado desde la lejanía el *knock out*.

—¿Qué ha pasado aquí? —preguntó el inglés mientras me ayudaba a poner en pie a Brian.

—Nada —mintió él—. Estábamos jugando a rugby sin balón y he caído sobre Alessio de cara. Soy un desastre. No se asusten, chicos, la nariz me sangra por cualquier cosa.

—Sí… ya —Angie cruzó los brazos ante aquella excusa ridícula—. Y yo nací ayer.

La situación era insostenible.

Miré a Alessio con los ojos bañados de lágrimas. Su expresión rabiosa y los labios apretados revelaban que lo había entendido todo. Sin embargo, después de lo que acababa de hacer, ya no me importaba.

—Me voy al agua —dijo de repente—. Necesito un chapuzón.

—Buena idea —añadió Angie con dureza—. A ver si el agua fría te refresca la cabeza, muchachito.

Mientras Alessio se adentraba peligrosamente en el lago, Arthur ayudó a Brian a detener la hemorragia. Le levantó la cabeza y le taponó la nariz con un pañuelo que enseguida se tiñó de sangre.

Me sequé las lágrimas. No me importaba que los demás pensaran que era una pusilánime, pero me dolía en el alma lo que acababa de suceder. Hubiera preferido mil veces que aquel puño rabioso hubiera impactado en mi nariz y no en la de Brian.

Estaba tan ofuscada, que tardé unos segundos en devolver la mirada al lago. Al hacerlo, se me cortó el aliento.

Desde la distancia pude ver cómo los brazos de Alessio hacían unos movimientos extraños, como si lucharan contra una bestia invisible. Acto seguido su cabeza se hundió en el agua para volver a sobresalir con dificultad segundos después.

Enseguida me di cuenta de que algo no iba bien. El suizo estaba en apuros, tal vez por un corte de digestión.

—¡Alessio se está ahogando! —grité presa del pánico.

Brian se incorporó de golpe. En un par de segundos ya se había quitado la ropa y se zambullía con decisión. Me asombró que pudiera nadar con tanto vigor, pese a la sangre que había perdido con el puñetazo.

Arthur me sujetó cuando yo iba a saltar al agua.

—Déjalo a él —dijo muy serio—. Sabe lo que se hace.

Desde la orilla vimos angustiados cómo Alessio luchaba con todas sus fuerzas para mantenerse a flote. Estaba claro que no iba a aguantar mucho tiempo más.

Brian nadaba hacia él con una rapidez asombrosa. Llegó hasta Alessio justo cuando la cabeza de este desaparecía bajo el agua de nuevo. Acto seguido, el físico se sumergió también en las profundidades del lago.

Los dos habían desaparecido de la superficie.

Creí que me volvía loca mientras esperaba angustiada.

Un instante después, sus cabezas volvieron a salir a flote. Alessio seguía moviéndose frenéticamente y se agarraba con fuerza a Brian. Presencié aterrorizada cómo se hundían de nuevo en las aguas.

El pánico me paralizó por unos instantes.

Mientras me temía lo peor, Angie se arrojó vestida al agua y empezó a nadar frenéticamente hasta el punto donde segundos antes habían desaparecido los dos. Ahora sólo se veían las aguas removidas.

—Ve llamando a una ambulancia —ordené a Arthur antes de zambullirme tras mi amiga.

El inglés me hizo caso mientras gritaba maldiciones por no haber aprendido nunca a nadar.

Mientras braceaba en las aguas heladas, gemí al pensar que las puertas de Shambhala estaban a punto de cerrarse para siempre.

Si sucedía algo terrible, ya nunca podría ser feliz. Además de falsear mis sentimientos a Alessio, había sido incapaz de confesar a Brian cuánto lo quería. Había perdido mi oportunidad...

Antes de que pudiera sentenciar con un «para siempre», logré ver cómo Brian y Alessio emergían de nuevo a la superficie. La boca se me llenó de agua al gritar de alegría.

Mucho más rápida que yo, Angie les dio alcance con un par de brazadas. Tras unirse a Brian, le ayudó a arrastrar a un inconsciente Alessio lentamente hacia la orilla.

Desde mi posición dentro del agua helada, lo único que pude hacer fue seguirlos.

La sirena de una ambulancia empezó a aullar desde la lejanía. Al salir del lago, recé para que no fuera demasiado tarde.

Alessio fue colocado en un terraplén junto a la orilla.

Un hombre fornido que dijo ser enfermero acudió a darle los primeros auxilios. Tras darle respiración boca a boca combinada con un fuerte masaje pulmonar, el ahogado empezó a toser y vomitar agua.

La reanimación fue celebrada con expresiones de alivio.

Mientras Alessio recobraba la conciencia, sentí que yo la iba a perder a causa de la tensión vivida. Temiendo que me desmayara allí mismo, Brian me sujetó por la cintura. Respiraba agotado pero feliz por haber salvado al suizo.

Lo miré unos instantes antes de abrazarlo con tanta pasión que casi caímos los dos al suelo. Había decidido que nadie se lo llevaría de mi lado. Él tomó mi cabeza y puso ambas manos en mis mejillas para separarme de él. Luego sonrió tranquilo.

—Te quiero —le susurré—. No puedes irte a Japón ahora... ¡Eres mi amor cuántico!

Antes de que pudiera reírse de aquella ocurrencia, lo atraje hacia mí y le besé a traición. Cuando sus labios respondieron a los míos, sentí que desaparecía el universo a nuestro alrededor.

Mientras sus largos dedos se enredaban con mi pelo, sentí su aliento en mi oreja al confesarme:

—He estado a punto de morir ahogado dos veces hoy —bromeó—. Pero créeme cuando te digo que moriría a gusto en tus brazos. Renunciaré a esa beca.

EPÍLOGO: LA VELOCIDAD DEL AMOR

Cuando a principios del siglo XIX apareció la locomotora de vapor, muchos desconfiaron de aquel nuevo sistema de transporte. Algunos médicos de la época alertaban que el ser humano no estaba preparado para viajar a la vertiginosa velocidad de... ¡treinta y dos kilómetros por hora!

«La gente morirá asfixiada y sufrirá traumas por la aceleración y desaceleración», advertían en sus artículos.

Con la cara pegada a la ventanilla del avión, que ya sobrevolaba el aeropuerto de Sevilla, pensé divertida en cómo se asustarían esos médicos si supieran que yo estaba volviendo a casa a más de ochocientos kilómetros por hora.

Sin embargo, para mí incluso la velocidad de la luz, un límite que Einstein dijo que no se podía superar —con permiso de los dichosos neutrinos—, era demasiado lenta.

En los dos meses y medio que yo había pasado en el CERN, había descubierto que sólo hay algo que supere ese límite: la velocidad del amor. Aunque cuando le expliqué mi teoría, Brian me corrigió: según él, el amor no viaja por el espacio, sino que entrelaza todo lo que existe en el universo.

Yo me sentía entrelazada a Brian y sabía que nuestros corazones latían al unísono. Por eso no me entristecía regresar a casa sin él. Sólo estaríamos separados durante dos semanas: el tiempo que faltaba para que empezara mis estudios de física en la universidad de Ginebra.

Milagrosamente, y también gracias al apoyo de Brian, no sólo me habían aceptado para iniciar allí el curso, sino que había conseguido una beca que libraría a mis padres de cualquier carga.

Abrí mi Moleskine para repasar la documentación que debía rellenar antes de ingresar en la facultad. De repente, una pequeña llave metálica se deslizó del cuaderno y cayó sobre mi regazo.

Era el regalo de despedida de Angie.

Tras aceptar un puesto en la división de física teórica para empezar su doctorado, había salido del CERN una semana antes que yo. Consiguió localizar a su madre en la India y había tomado la decisión de conocerla, consciente de que lo más probable era que el mito que había creado a su alrededor desapareciera. Antes de dejar nuestra habitación, me había propuesto compartir con ella un departamento precioso cerca de la universidad.

Aquella llave —Angie tenía una igual— era la prueba de nuestro trato.

La guardé con cariño en el bolsillo de la libreta que mi padre me había regalado. Había envejecido rápidamente. Además de recoger lo aprendido durante mis semanas en el CERN, había conocido a la Laila que había subido al avión de Sevilla... y ahora acompañaba a una nueva Laila de regreso a casa.

Aquel cuaderno de tapas negras había sido testigo de la transformación que el amor, la fuerza más poderosa del universo, ejerce en todos los elementos del cosmos, incluidos los seres humanos.

Incluso Alessio había encontrado una fuente alternativa de energía interior. Había conocido a una guapa reportera con la que ahora recorría los desiertos australianos para filmar los *walkabouts*, un rito de iniciación aborigen.

Encontrar el amor es también un asunto de prueba y error.

Mientras pensaba en todo eso, las ruedas del avión tocaron la pista. Cuando empezó a frenar, me salté las normas y encendí mi teléfono con una única intención. Aún no le había enseñado a Brian mi canción, la que había compuesto para él nadando en un mar de tristeza y esperanza. Aunque me pusiera en ridículo, sabía que aquella pieza de tres minutos le haría sentirme cerca de él.

Busqué el archivo MP3 del iTunes y escogí la opción de COMPARTIR POR MAIL para enviar la canción a algún lejano satélite que, atravesando enjambres de neutrinos y rayos cósmicos, a su vez lo entregaría a mi amor cuántico.

QUANTIC LOVE

You are my quantic love
In a world made for us
We're two possibilities
That collapsed in one
A new sun was born
for us both

Schrödinger had a cat
Who was dead and alive
I die for you sweetheart
You're my quantic love
In the cosmic void
mmm...

Love is no exact science
The speed of light
is too slow for me

I'm in a hurry, baby
Physics are to blame
for what I feel
God damned gravity

Magic is the science of loving
In the so-called reality
There's no place for you and me

Dreaming takes me out
of my limits
My bed is a drifting raft
Where's the harbour of your arms?

Love is no exact science
The speed of light
is too slow for me

I try to solve the equation
of my heart
In my Moleskine
God damned gravity

When you turn off the lights
Will you love me tonight?
My eyes shine full of stars
I'm not down here alone
entangled with your heart.

AMOR CUÁNTICO

Eres mi amor cuántico
en un mundo hecho para nosotros
Somos dos posibilidades
que colapsaron en una
Un nuevo sol nació
para los dos.

Schrödinger tenía un gato
que estaba vivo y muerto a la vez
Yo me muero por ti, cariño
Eres mi amor cuántico
en el vacío cósmico
mmm...

El amor no es una ciencia exacta
La velocidad de la luz
es demasiado lenta para mí

Tengo prisa, baby
La física tiene la culpa
de todo lo que siento
Maldita gravedad

La magia es la ciencia del amor
En lo que llamamos realidad
no hay lugar para ti y para mí

Soñar me lleva fuera
de mis límites
Mi cama es una balsa a la deriva
¿Dónde esta el puerto de tus brazos?

El amor no es una ciencia exacta
La velocidad de la luz
es demasiado lenta para mí

Intento resolver la ecuación
de mi corazón en mi Moleskine
La física tiene la culpa
de todo lo que siento
Maldita gravedad

Cuando apagues las luces
¿me amarás esta noche?
Mis ojos están llenos de estrellas
No estoy sola aquí abajo
entrelazada con tu corazón.

AGRADECIMIENTOS

A mi sherpa literario, Francesc Miralles, no sólo por acompañarme y guiarme en todo momento, sino por tener un corazón lleno de amor cuántico e irradiarlo a todos los que le rodeamos.

A Iolanda Batallé y Marcelo Mazzanti, nuestros editores atómicos, y a todo el equipo de La Galera por haberse entrelazado con este proyecto para hacerlo realidad.

A Sandra Bruna y la maravillosa tripulación de su navío por llevar esta obra a puertos de todo el planeta.

A Clacktion, y a Ignasi, por ocuparse de que siempre tengamos presencia *online*.

A Nikosia por haber creado la mejor banda sonora que un libro puede tener. ¡Son unos cracs!

A Esther Sanz, Albert Benseny, Carolina Olid y Georgina Olivares, amigos y primeros lectores del manuscrito. ¡Gracias por sus sabias aportaciones!

A Vito, Laura y el resto del equipo del Dolce Sitges. Gracias por conseguirme un lugar maravilloso para iniciar esta aventura.

A todas las personas que trabajan en el CERN para desentrañar los secretos de la materia y el universo. En especial a Emma

Sanders, Antonella del Roso, Sophie Tesauri y el Press Office Team por acogernos tan hospitalariamente.

A Arrigo, Giovanni, María y Katia de Moleskine, por darle vida a la libreta que guarda las notas y secretos de Laila.

A Gilles, Jutta, Sandra y Elena, de Turismo de Suiza, a Paquita y el equipo de Swiss Air, y a Turismo de Ginebra, por hacer realidad el sueño de un lector afortunado de conocer el maravilloso entorno en el que transcurre esta historia.

A Carlos Nogales, por poner la magia en cada escenario de *Quantic Love*.

A mis maravillosos padres y hermana, porque sin ustedes nada de esto existiría.

A todos los lectores de esta aventura que conjuga ciencia y amor. ¡Gracias por entrelazarse y compartirla!

A Alberto, por estar siempre a mi lado y conseguir que todo aquello que me propongo, mis ideas y proyectos, se materialicen en algo diez veces mayor a lo que yo había soñado.

ÍNDICE

Esta obra se imprimió y encuadernó en el mes
de marzo de 2014, en los talleres de Litográfica
Ingramex, S.A. de C.V. en la ciudad de México, D.F.